Tobi Lakmaker
Die Geschichte meiner Sexualität

Tobi Lakmaker

DIE GESCHICHTE MEINER SEXUALITÄT

Roman

Aus dem Niederländischen
von Christina Brunnenkamp

PIPER

Die niederländische Originalausgabe erschien 2021 unter dem Titel
De geschiedenis van mijn seksualiteit bei Das Mag Uitgevers, Amsterdam.

Die Übersetzung dieses Buches wurde
vom Nederlands Letterenfonds gefördert.

Mehr über unsere Autorinnen, Autoren und Bücher:
www.piper.de/literatur

ISBN 978-3-492-07142-0
© 2021 Tobi Lakmaker and Das Mag Uitgevers
Published by arrangement with Uitgeverij Cossee
© Piper Verlag GmbH, München 2022
Umschlaggestaltung: FAVORITBUERO, München
Umschlagabbildung: Shutterstock.com
Inhaltsverzeichnis: Frank August, Das Mag Uitgevers
Autorenfoto: Willemieke Kars
Gesetzt aus der Sabon Next LT Pro
Satz: Satz für Satz, Wangen im Allgäu
Druck und Bindung: GGP Media GmbH, Pößneck
Printed in Germany

Für M.M. – Ich schaff das schon.

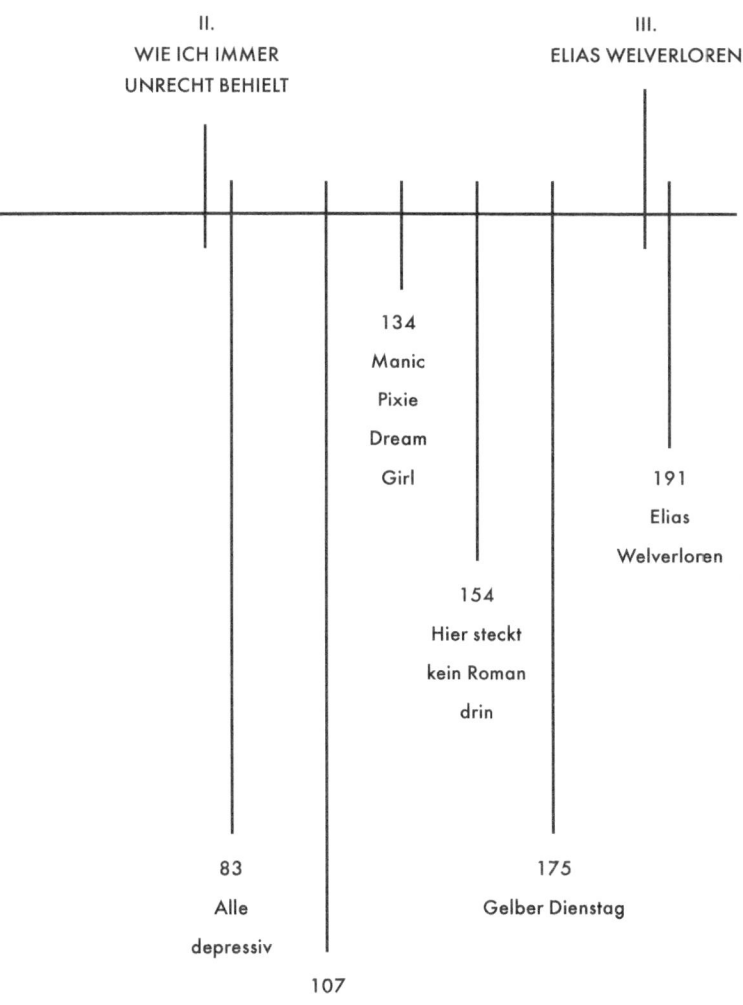

81

189

II.
WIE ICH IMMER
UNRECHT BEHIELT

III.
ELIAS WELVERLOREN

134
Manic
Pixie
Dream
Girl

191
Elias
Welverloren

154
Hier steckt
kein Roman
drin

83
Alle
depressiv

175
Gelber Dienstag

107
Mein schönes Sofiechen

Prolog

Meine Mutter ist eine Vaterjüdin

Meine Mutter hat immer gesagt: »Unsere Freunde sind nicht reich, sie haben bloß im richtigen Moment ein Haus gekauft.« Meine Eltern haben in ganz genau dem richtigen Moment gekauft: in der Jacob Obrecht-straat 7 – *im Herzen* von Oud-Zuid. Jemand hat mir mal erklärt, in Amsterdam Oud-Zuid wohnten zwei Sorten von Menschen: ordinär Reiche und intellektuelle Juden. Ordinär reich waren wir nicht, wenn ich meinen Eltern glauben darf, Juden waren wir auch keine – meine Mutter war nur eine *Vaterjüdin* –, und als ich meinen Vater mal gefragt habe, was ein Intellektueller sei, antwortete er: »Ich kenne nur einen: Wilfred Oranje.«

Mit zwanzig habe ich eine Weile im alten Zimmer von Wilfred Oranje gewohnt, denn der war inzwischen tot, und immer, wenn ich dort wach wurde, sah ich Hunderte von Büchern von Sigmund Freud um mich herum. Lange habe ich es dort nicht ausgehalten. Ich wollte zwar auch eine Intellektuelle werden, aber jedes Mal, wenn ich ein Buch las, fielen mir die Augen zu. Ich kann es nicht ändern: Wenn ich zu lange auf Werke von Männern starre, die aussehen wie Sigmund Freud, fallen mir einfach die Augen zu.

Von meinem achtzehnten bis zweiundzwanzigsten Lebensjahr habe ich versucht, mir alle möglichen Sigmund Freuds einzuverleiben, doch was hatte ich am Ende davon? Nur das deutliche Gefühl, dass ich nicht Sigmund Freud war. Genauer gesagt: dass ich kein Mann war, sondern eine Frau. Damit tat ich mich *sehr* schwer – mit dem Frausein. Man wollte, dass ich meine Haare lang wachsen lasse. Natürlich sagt dir das nie jemand ins Gesicht, aber wenn Leute wollen, dass du etwas unbedingt schluckst, machen sie ja meist nicht den Mund auf. Sie lassen es dich *wissen*.

Inzwischen habe ich sehr kurze Haare und gehe in eine Selbsthilfegruppe für Transgender. Willst du mehr darüber wissen? Ruf mich gerne an. Ich bin überhaupt nicht transgender, sondern einfach nur jemand, der gerne Frauen penetriert und es leid ist, dafür ständig *Geräte* anschaffen zu müssen. Die Teile kosten ein Schweinegeld, und zu oft weiß man nicht, was man mit dem sauteuren Ding anfangen soll, weil es plötzlich *schief* in die Gegend ragt. Wisst ihr, womit ich echt durch bin? Mit Schieflagen jeglicher Art.

Natürlich hätte ich auch Bücher von Menschen lesen können, die nicht wie Sigmund Freud aussehen – von Frauen zum Beispiel oder schwarzen Männern. Oder noch besser: schwarzen Frauen. Aber Fakt ist doch, dass die nie zum *Kanon* gehören. Dieser beknackte Kanon. Und ich weiß, jetzt denkt ihr: »Woolf gehört doch auch zum Kanon, Baldwin gehört doch auch zum Kanon.«

Wollt ihr eine ehrliche Antwort? Von Baldwin will ich mir schon lange ein Buch kaufen, und bei Virginia Woolf sind mir genauso die Augen zugefallen. Unmittelbar nachdem sie die Blumen kaufen wollte, fielen mir die Augen zu.

Als ich ungefähr siebzehn war, setzte ich mir in den Kopf, ein Genie zu werden. Das Ärgerliche an Genialität ist nur, dass es sich damit genauso verhält wie mit Homosexualität: Man *wird* es nicht, man ist es. Heißt es. Wenn ihr mich fragt, waren alle Genies einfach Menschen, die es schafften, nicht ans Telefon zu gehen, wenn die Welt mal wieder was von ihnen wollte, um sich derweil auf etwas zu konzentrieren, worauf die Welt dann rein zufällig gewartet hatte. Na egal, jedenfalls: Ich ging auch oft nicht ans Telefon, so oft, dass meine Freundinnen mir die Freundschaft kündigten. Stattdessen fingen sie an zu lästern. Sie sagten, dass mit mir was nicht stimme, dass ich ja wohl lesbisch sein *müsste*, so, wie ich Zahra ansehen würde. Recht hatten sie – in allen Punkten.

Weil mich meine Freundinnen fallen gelassen hatten, hing ich immer öfter mit Felix und Chiel ab. An unserem weißen und elitären Gymnasium waren sie am weißesten und elitärsten, und das gefiel mir. In den Pausen sagte Chiel meist nur einen Satz: »War's das jetzt?«, und dann nickte Felix. Ich nickte ebenfalls, aber eigentlich wusste ich nicht so genau, was er damit sagen wollte. Ich wusste nur, dass er recht hatte, denn das hatten sie, die weißen, elitären Typen. Ich selbst hatte selten recht, und das ging mir mit der Zeit ziemlich auf den Geist.

Eigentlich lag ich immer daneben. Bei den Jungs und bei den Mädchen, bei der richtigen Antwort und noch wichtiger: bei der richtigen Frage. Man kann so viele Antworten haben, wie man will, wenn einem die richtige Frage fehlt, redet man bloß im luftleeren Raum. Das immerhin ist mir inzwischen klar geworden. Mir ist klar geworden, dass Antworten einer Frage vorangehen. Und solange die nicht stimmen, wirst du eins immer behalten: unrecht.

I.
Die Geschichte
meiner Sexualität

Walter, der Recruitment Consultant

Die Geschichte meiner Sexualität geht so: Seit jeher bin ich auf der Suche gewesen nach jemandem, der die Türen und Fenster schließt und sagt: Jetzt ist alles gut. Konkreter stand ich erst auf Männer und dann auf Frauen, natürlich schon immer auf Frauen, auf Muriel, die rothaarige Nachhilfelehrerin mit den langen Beinen, auf welche Frau stand ich denn bitte nicht, und doch waren meine Augen oder irgendwas anderes Essenzielles verschlossen. Das spielt aber eigentlich keine Rolle.

Ich wurde von Walter, dem Recruitment Consultant, entjungfert, aber damit will ich mich nicht allzu lange aufhalten. Er wählte die Liberalen, und wenn es mir echt nicht gelang, irgendeine Erregung zu spüren, versuchte ich, daran zu denken, wegen dieses schrägen Zusammenhangs zwischen dem Geilen und dem Verhassten.

Ich wurde in der Sarphatistraat entjungfert, in einem Haus am Weesperplein, aus dem ein Fahnenmast ragt. Daran erkenne ich es noch heute, denn der Mast erinnert mich an Walters dicke und aufdringliche Erektion. Walter war sehr lieb. An dem Abend sagte er: »Ich glaube, ich bin nervöser als du.« Er war *tatsächlich* nervöser als ich. Mir ging das alles, um ehrlich zu sein, am Arsch vorbei.

Warum ich unbedingt entjungfert werden wollte? Ich wollte meine S.E. hinter mir haben. Meine S.E. – das war meine Solide Entjungferung. Ich schwänzte den Unterricht oft mit Milan in der Coffee Company, und unser Gespräch kreiste immer nur um unsere zukünftige S.E. Vor allem kreiste es um die sorglose und wilde Zeit danach. Die S.E. sollte vor unseren Kindern als Alibi fungieren, denn zweifellos würden die irgendwann mit der Frage kommen: »Mit wem war eigentlich *dein* erstes Mal?« Und dann könnten wir darauf eine grundsolide Antwort geben.

Milan wurde letztendlich in der Toilette der Amsterdamer Uniklinik entjungfert – er hatte angefangen, Medizin zu studieren. Und ich wie gesagt von Walter, in der Nacht vom 1. auf den 2. September 2011. Wir trafen uns danach noch ein Weilchen, nicht weil mir an dem Kontakt so viel gelegen hätte, sondern weil die Solidität es erforderte.

Walter und ich hatten uns im *Mazzeltof* kennengelernt, kurz nachdem ich Matthijs van Nieuwkerk gesimst hatte. Eigentlich wäre ich viel lieber mit Van Nieuwkerk ins Bett gegangen, aber er hat mir nie auf meine SMS geantwortet. Mein Bruder hatte mir seine Nummer gegeben, denn der hatte jede Menge Connections. Danach sehnte ich mich mit siebzehn: Sex und jede Menge Connections.

Um mich auf meine SMS an van Nieuwkerk konzentrieren zu können, hatte ich mich in eine Snackbar um die Ecke verzogen. Als ich ins *Mazzeltof* zurückkam, sah ich Walter da stehen und küsste ihn direkt auf die Wange. Hinten in der Kneipe saß Betsie. Ich ging zu ihr und sagte: »Der wird's.« Seit ich Betsie kannte, war sie immer minimal hübscher gewesen als ich, weshalb es die Hölle war, mit ihr auszugehen. Ich war ständig zweite Wahl. Darum musste ich Männer davon überzeugen, dass es nur eine Option gab: mich, Sofie Lakmaker.

Um Walter von Betsie fernzuhalten, bot ich an, die nächste Runde zu holen. An der Bar versuchte ich, Blickkontakt herzustellen. Walter sah mich furchtbar ängstlich an, und um ihn zu beruhigen, gab ich ihm das Bier, das für Betsie bestimmt gewesen war. Ich sagte: »Wir könnten jetzt rumknutschen.«

»Ich mag keine selbstbewussten Frauen«, antwortete er. Ich nickte, und dann knutschten wir rum.

Eine Woche später verabredeten wir uns im *Lempicka*. Er erzählte mir, er komme aus Heerlen und sein Opa habe eines Tages entdeckt, dass man altes Frittierfett in Biodiesel umwandeln könne, weshalb seine Eltern jetzt einen Pool im Garten hätten. Ich erzählte ihm, dass ich Philosophie studieren wolle. Woraufhin er mir vorwarf, ich sei links. Ich erwiderte, er sei rechts, und schlug vor, zu ihm zu gehen.

Wir haben dann auf seinem Bett noch ein bisschen weiter rumgeknutscht, und nach einer Viertelstunde sagte ich: »Lass es uns einfach *machen*.« Walter litt Höllenqualen, das merkte ich wohl, aber ich hatte keine Zeit zu verlieren. Zumindest dachte ich das. Er war sechsundzwanzig und ich wie gesagt siebzehn, und das ist ja das

Verrückte: Je mehr Zeit einem bleibt, desto eiliger hat man es. Ich weiß noch, dass er etwas zu knappe Boxershorts trug, die immer knapper wurden durch seinen halb steifen Schwanz. Später stellte sich heraus, dass Walter durchgängig einen Halbsteifen hatte, weswegen er sich ständig einen runterholen musste. Eine Zeit lang wollte er, dass ich das tue, aber ich war offenbar zu grob.

Freundinnen von mir hatten auf ihre Entjungferung schwer enttäuscht reagiert. Alle sagten: »*Das* soll es gewesen sein?« Ich dagegen fand es Wahnsinn. Vielleicht nicht im rein positiven Sinn, eher so, wie ein Flugzeugabsturz Wahnsinn ist: überwältigend und so, dass man es womöglich nie in Worte fassen kann. Walters Schwanz war überall. Nach einer Weile sagte er: »Ich hätte gerne, dass du ihm ein Küsschen gibst.« Ich fand das eigentlich albern, habe es dann aber doch getan. Wenn man nie etwas tut, was man albern findet, geht auch nichts voran.

Nachdem Walter gekommen war, sagte er: »Versprichst du mir, dass wir es *nie* wieder so machen?« Damit meinte er, ohne Kondom. Ich erinnere mich nicht mehr, wie es dazu kam – man kann nicht behaupten, dass es dem *Zauber des Augenblicks* geschuldet gewesen wäre. Das Ganze dauerte Stunden. Ich habe zwar mal erwähnt, ich sei zu »Everywhere« von Fleetwood Mac entjungfert worden, und das Lied lief tatsächlich irgendwann, aber wenn man's genau nimmt, bedurfte es der kompletten Geschichte der westlichen Popmusik.

Als ich aufwachte, stand Patrick im Türrahmen. Patrick war Walters Mitbewohner, und wenn ich ehrlich bin, fand ich ihn um einiges attraktiver als Walter. Sein

Haar war streng nach hinten gekämmt. Wie Walter kam er aus Limburg, nur dass er das G weniger weich aussprach. Eigentlich sah Patrick aus wie ein Arschloch, aber genau das gefiel mir. Er sah zumindest nach irgendwas aus. Walter sah aus wie jemand, der in der Metro neben einem steht und den man dann fragt, ob man mal vorbeidarf. So einer war Walter.

Patrick war auf der Suche nach seiner Krawatte, und als ich mich umdrehte, um Walter zu fragen, sah ich, dass das Bett ansonsten leer war. Er war schon zur Arbeit gefahren, wo er Leute *recruiten* musste. Fragt mich nicht, worum es da ging, aber er verdiente eine Menge Geld. Walter war in Utrecht *beschäftigt*, und ich fand das ziemlich deprimierend. Vielleicht war das sogar meine größte Angst: irgendwann mal irgendwo *beschäftigt* zu sein. Erst recht in Utrecht.

Patrick arbeitete bei einem Start-up in Amsterdam, und als ihm auffiel, dass Walter nicht da war, hörte er gar nicht mehr auf zu grinsen. Er fragte, ob wir es denn *nett* gehabt hätten. Ich antwortete, dass wir es furchtbar nett gehabt hätten, doch darüber erschrak er ziemlich. Die Leute mögen es nicht besonders, wenn man das Wort »furchtbar« zu oft benutzt. Vielleicht, weil das zu selbstbewusst klingt.

Patrick blieb dann noch eine Viertelstunde im Türrahmen stehen, und dadurch verspannte ich mich ein bisschen. Ich hatte nämlich absolut gar nichts an, und ich glaube, das wusste er auch. Sich nackt mit jemandem zu unterhalten, dem nur die Krawatte fehlt, sorgt für ein gewisses Gefälle. Schließlich sagte ich: »Und jetzt lese

ich das *Quote 500*.« Dieses Ranking der reichsten Niederländer lag neben Walters Bett, zusammen mit ein paar
Büchern voller Ratschläge, wie man mit minimalem
Aufwand einen Haufen Geld machen kann. Einfach altes Frittierfett in Biodiesel umwandeln, würde ich sagen,
aber das ist wohl doch nicht alles.

Kurz nach meiner Entjungferung zogen Patrick und
Walter in ein Haus in Zeeburg. Das hatten sie vom frisch
gewählten Bürgermeister Van der Laan gekauft, denn
der zog natürlich in seine Amtswohnung. Er hinterließ
eine ganz ordentliche Hütte. Sie wurde allerdings von
Patricks Flamme Lianne eingerichtet, und die hatte einen fürchterlichen Geschmack. Lianne war Zahnarzt-
helferin, ein Beruf, der sich in der Wahl des Mobiliars
niederschlug. Eigentlich hatte man in diesem Haus an
der Ertskade ständig das Gefühl, man wäre zum Zähne-
ziehen da.

Und wer glaubt, Liannes Anschlag auf die Einrich-
tung sei nicht zu toppen, kennt Patrick schlecht. Der
verteilte nämlich *im ganzen Haus* Bücher von Kluun. Ich
schwör's euch: Wohin man guckte, überall lag so ein
widerliches Buch. »Super Typ«, sagte Patrick jedes Mal
über ihn. Das ging mir wahnsinnig auf die Nerven.
Trotzdem war er immer noch ein unterhaltsamerer Ge-
sprächspartner als Walter – mit dem sprach ich damals
kaum noch. Der wollte mich die ganze Zeit dazu bringen, Bücher zu lesen, die einem helfen, den eigenen
Körper kennenzulernen, aber dazu hatte ich überhaupt
keine Lust. Deshalb hielt ich mich beim Frühstück und
in anderen müßigen Momenten einfach an Patrick und

Lianne. Bei denen war wenigstens was los, wisst ihr? Lianne war streng gläubig, und um sie zu ärgern, sagte Patrick ständig »Gott verdammt«. Dann sah er mich feixend an, woraufhin wir beide losprusteten. Super Typ, dieser Patrick.

Am 22. November 2011 postete Walter auf Facebook, dass er Single und auf der Suche sei. Wütend rief ich ihn daraufhin an, und obwohl er im Auto saß, ging er direkt dran. Er hatte so eine Freisprechanlage. »Schätzchen«, sagte er, »du bist siebzehn.« »Aha«, sagte ich. Kurz hörte ich nur das Rauschen der A2, und dann flüsterte er: »Wenn du dreiundzwanzig wärst, hätte ich dir sofort einen Heiratsantrag gemacht.« Das war natürlich genauso albern, und es gibt Tage, an denen ich mich frage, was wohl aus uns geworden wäre, wenn wir das einfach durchgezogen hätten. Wahrscheinlich wäre ich jetzt auch irgendwo beschäftigt, und vielleicht wäre das gar nicht mal so schlimm.

Nenn es Liebe

2018 wurde ein sehr schlechtes Buch über mich geschrieben: *Liebe*. Selbst hätte ich es vielleicht *Nenn es
Liebe oder so ähnlich* betitelt, denn das, was zwischen mir
und dem Autor war, hatte mit Liebe nur sehr entfernt zu
tun. In dem Buch heiße ich »das Mädchen A.«, aber das
ist halt Unsinn. Ich heiße ganz einfach Sofie Lakmaker.
Ich habe nur Rezensionen gelesen, nicht das Buch selbst,
und die waren vernichtend. Das reicht mir. Manche Leute
behaupten, Rezensenten seien auch nur Menschen, aber
ich glaube das nicht. Meiner Meinung nach haben sie
immer recht und befriedigen damit ein fast seit meiner Geburt bestehendes Bedürfnis: recht zu haben und
Menschen nahe zu sein, die dieses Recht für sich in An-
spruch nehmen.

Auf dem Cover ist ein sehr hübsches Mädchen drauf,
viel hübscher, als ich es bin – oder zu der Zeit war, in der
ich mit Lusche D. – so nenne ich ihn jetzt mal – zusammen war. Wahrscheinlich merkte Lusche D. das auch
nach einer Weile, konnte es aber nicht mehr korrigieren,
denn dank der schlechten Kritiken gab es natürlich
keine zweite Auflage.

Meine Mutter sagte, Rache sei ein Gericht, das man am besten kalt serviert, doch ich weiß eigentlich gar nicht so genau, ob ich darauf aus bin. Vielleicht haben die Rezensenten schon für mich Rache genommen, oder vielleicht ist Rache einfach nicht so wichtig. Rache ist etwas für nachtragende Menschen – ich bin vor allem traurig.

Ich lernte Lusche D. kennen, als ich vier war, und das war natürlich nicht der Moment, in dem wir zusammenkamen, denn er war damals zwölf. Er war der beste Freund meines Bruders Daniel und wollte nie bei uns zu Hause spielen, sondern immer bei sich. Meine Eltern misstrauten ihm deshalb sofort, aber ich habe mich mit so was wie Misstrauen eigentlich nie lange aufgehalten. Erst recht nicht mit vier.

Wir sahen uns zum ersten Mal seit langer Zeit auf Daniels Geburtstag wieder. Ich war gerade von Walter, dem Recruitment Consultant, entjungfert worden, und davon erzählte ich ihm in allen Einzelheiten. Während ich redete, sah ich ein glühendes Interesse in seinen Augen, und ich glaube, diesen Blick konnte man wie folgt interpretieren: »Eine Frau, die spricht.«

Später radelten wir zusammen nach Hause, und ich musste ganz dringend. Ich pinkelte auf die Straße, und wieder sah ich diesen Blick: »Eine Frau, die pinkelt.« Lusche D. hat mir unglaublich viele Erkenntnisse zu verdanken. Ein paar Monate später schickte er mir eine SMS: Ob ich mit der Schule fertig sei. Ich antwortete, dass ich einen Schnitt von 7,8 hätte, und dass der eigentlich bei 8,3 läge, wenn man nur die schriftlichen Prüfungen betrachtete.

Zur Feier des Tages gingen wir im *De Wetering* was trinken, wo ich ihn fragte, ob er mit seinem Geschlecht zufrieden sei. Er antwortete, dass er bisher niemanden habe klagen hören. Dann fragte er mich natürlich, was ich mit meinem Leben anfangen wolle, denn es gibt wirklich niemanden, der dir diese Frage *nicht* stellt, wenn du achtzehn bist, und ich weiß eigentlich nicht mehr, was ich darauf antwortete. Ich meine, ich sagte nichts, und dann, dass meine Mutter Krebs habe. »Das ist ja Scheiße«, sagte er.

Als das *De Wetering* schloss, zogen wir um ins *De Spuyt*. Das war echt eine geschmacklose Kneipe, und ein paar Stunden später zogen wir weiter in eine noch geschmacklosere: das *Mazzeltof*. Es war mir wirklich scheißegal, ob ich Walter da traf. Eigentlich hoffte ich, Lianne und Patrick zu begegnen. Ich wollte ihn fragen, ob er Kluun immer noch für einen super Typen hielt. Aber er war nicht da, und auch Lianne war nirgends zu entdecken.

Das Angenehme an Walter war gewesen, dass ich mit ihm zusammen sein konnte, ohne mich auf ihn konzentrieren zu müssen. Lusche D. dagegen stellte mir ständig Fragen. Schließlich stellte ich ihm eine Frage, nämlich: »Meinst du, Daniel findet das hier schlimm?« Er sah mich an und schwafelte dann bedächtig was von Mädchen, die eines Tages Frauen werden. Das fand ich ein bisschen ermüdend: all die Erkenntnisse von Lusche D. über Mädchen und Frauen und den Moment, in dem sich die einen in die anderen verwandeln.

Daniel fand es schrecklich, glaube ich. Ein paar Wochen später saß ich mit ihm in einer Kneipe und sagte: »Lass uns über Lusche D. reden.« »Nö«, antwortete er. Das Verrückte an Daniel ist, dass man das dann auch echt nicht tut. Ich jedenfalls nicht. Er sagte bloß, dass es seiner Meinung nach eine gute Idee wäre, wenn ich für ein Weilchen nach Prag zöge. Und das Verrückte an Daniel ist, dass man das dann auch echt in Betracht zieht.

Jedenfalls sind Lusche D. und ich nach dem *Mazzeltof* noch eine Weile durch die Straßen gelaufen. Wir wollten einander natürlich küssen, aber trauten uns beide nicht. An der Ecke zur Ruysdaelkade sagte ich: *»Come on, son.«* Und dann haben wir uns geküsst. Es war schon wieder hell geworden, und das Leben atmete zahllose Möglichkeiten, wenn ihr mich fragt.

Wenig später zog ich so gut wie bei ihm ein. Er wohnte in der Nieuwe Looiersstraat, gegenüber von dem Pilatesstudio, in das meine Mutter ging. Deshalb guckte ich immer erst aus dem Fenster und hielt Ausschau nach ihrem Fahrrad, bevor ich zur Tür raustrat. Meine Mutter hatte ihr Fahrrad gelb lackiert, weil sie dachte, dass es dann nicht mehr gestohlen würde. Zwei Dinge verlor sie ständig: Fahrräder und Kontaktlinsen.

Meistens aß sie sie, ihre Linsen. Sie nahm sie zum Reinigen in den Mund, vergaß dann aber, dass sie da schon ein Kaugummi drin hatte. Ganze Hypotheken sind für die Kontaktlinsen meiner Mutter draufgegangen. Ihre Fahrräder verlor sie etwas weniger oft, und der Trick mit dem Gelb hat wirklich eine Zeit lang funktioniert. Eines Tages sah ich sie allerdings wieder auf der Straße herumtasten: Sie hatte *sowohl* ihre Kontaktlinsen *als auch* ihr

Fahrrad verloren. Und so irrte sie durch die Gegend, emsig auf der Suche nach ihrem Fahrrad. Meine Mutter glaubte nämlich, dass Diebe ihr Fahrrad bei genauerer Betrachtung so hässlich fänden, dass sie es an der nächsten Ecke einfach wieder abstellen würden.

Eigentlich kann ich gar nicht sagen, warum ich bei Lusche D. einzog. Genau genommen gibt es viele Dinge, die ich nicht so richtig verstehe, und da rede ich dann gerne ein bisschen drum herum. Ich vermute, dass ich mich bei ihm sicher fühlte, aus dem einfachen Grund, dass seine Welt Ränder hatte. Zwar nicht die stabilsten Ränder; Ränder voller Ängste und Ambitionen. Aber es waren welche, und so was fehlt einem mit achtzehn meistens.

Genau das tat ich bei ihm zu Hause: mich an den Wänden entlanghangeln, die komplett mit Seufzenden Männern vollgehängt waren. An jeder Wand hing einer: Ernest Hemingway, Jack London, Nick Drake. Lusche D.s Haus war eine Art Selbstmordparadies, und an manchen Tagen hatte ich das Gefühl, er wolle sich ihnen so bald wie möglich anschließen. Das wäre sicher auch passiert, wenn seine Lektorin dem nicht einen Riegel vorgeschoben hätte.

Mein Gott, diese Lektorin! Sie rief ihn ungefähr alle halbe Stunde an. Nicht um zu fragen, wo sein Manuskript bleibe, nein, sie fragte nur, ob er genug *Obst* im Haus habe. Die Frau machte mich wahnsinnig. Jedes Mal, wenn wir einander begegneten, sagte sie so was wie: »Und du bist ein bisschen zu *jung* für Lusche D.« Dann schaute ich sie nur glasig an und dachte: Und du bist ein bisschen zu *alt*. Ich habe noch nie jemanden so verliebt gesehen. Vielleicht wäre alles gut geworden, wenn ich nur einen Bruchteil der Gefühle empfunden hätte, die sie für Lusche D. hegte.

Jedes Mal, wenn sie sichergestellt hatte, dass er genügend Äpfel im Haus hatte, erzählte sie ihm, wie brillant er sei. Mir fielen dann regelmäßig fast die Augen zu. Und alle glaubten ihr, weil sie irgendwann mal mit *Harry Mulisch* zusammengearbeitet hatte. Na, wenn ihr mich fragt, ist das eigentlich Grund genug, um nicht mehr ans Telefon zu gehen. Es sei denn, man will echt *sehr* schlechte Bücher schreiben, die neunhundert Seiten zu lang sind. Und genau das tat Lusche D.: *sehr* schlechte Bücher schreiben, bei denen man wirklich bei jeder Zeile denkt: »Also, das kommt mir jetzt überflüssig vor.«

Aber es war mir total egal, versteht ihr, dass er so schlechte Bücher schrieb. Ich fand es einfach nett mit ihm. Mein Partner braucht echt nicht übermäßig talentiert zu sein. Was ich allerdings ein bisschen störend fand: dass er mich ständig als seine *Muse* bezeichnete. Ob ihr's glaubt oder nicht, ich *inspirierte* ihn. Für so einen Quatsch muss man mich wirklich nicht wecken. Lass mich in Gottes Namen einfach weiterschlafen, wenn ich deine Muse bin. Eine etwas zu junge, schnarchende Muse: Das war ich.

Selbst schrieb ich nicht, oder jedenfalls *nicht echt*, wie ich es damals nannte – ich arbeitete im *Bagels & Beans*. Davor hatte ich drei Tage in einem Restaurant in der Roelof Hartstraat gearbeitet, aber da hatte der Chef am zweiten Tag gefragt, wer ihm in der Pause einen blasen wolle. Da wollte ich natürlich direkt wieder aufhören, aber er fand, dass ich ihm diese Gefälligkeit noch schuldig sei.

Bei *Bagels & Beans* habe ich es nicht viel länger ausgehalten. Oder eher: Sie haben *mich* nicht viel länger ausgehalten. Nach meinem Probemonat hinterließen sie eine Nachricht auf meiner Mailbox: »Sofie, du bist ein superliebes Mädchen, aber *echt* zu verträumt für uns.« Wärt ihr dabei gewesen, hättet ihr das sicher ähnlich gesehen. Ich vergaß *alles*. Ich gab nicht mal die Bestellungen durch – die Leute bekamen einfach kein Essen.

Aber ich will ehrlich zu euch sein: Eine große Dichterin, das wollte ich werden. In der Woche, nachdem ich bei *Bagels & Beans* rausgeflogen war, erreichte meine Kreativität ihren Höhepunkt. Da meine Eltern nicht wissen durften, dass ich gefeuert worden war, radelte ich jeden Tag kreuz und quer durch die Stadt. Ich trank an verschiedensten Orten Kaffee und kritzelte da und dort was zusammen. Es war, als würde ich verschwinden, und genau das hatte ich auch vor: weggehen und wiederkommen, wenn ich alle Erwartungen übertroffen hätte. Langfristig geht so was nicht, denn man muss sich immer und überall verantworten, doch diese eine Woche lang *klappte* es.

An einem meiner letzten verschwundenen Tage saß ich im *Eye*, wo ein Junge und ein Mädchen neben mir ein Sandwich aßen. Das Mädchen war echt hübsch. Ich war nicht echt hübsch. Ich war *manchmal* hübsch. Ich schrieb:

Ich bin recht hübsch,
aber bleibe es nicht,
komme nur ab und zu vorbei,
um zu gucken, wie andere mich ansehen.

Damit komme ich zu einem sehr wesentlichen Punkt: mein Äußeres. Am liebsten lief ich den ganzen Tag in meinem Trainingsanzug von Real Madrid rum. Nur kamen dann immer wieder diese Abende, mit Menschen, mit Blicken, mit Bier, und sie riefen: *Wir wolln was fürs Auge!* Dann gehorchte ich. Ich zog eine Hose an, die am Hintern gut saß, trug Foundation auf, sodass meine Haut perfekt schien, und glättete mein Haar.

Ohne geglättetes Haar war ich, wenn ihr mich fragt, wenig bis nichts wert. Bei Walter tat ich all das auch, aber den sah ich eben nur so flüchtig: Er musste immer wieder zurück nach Utrecht. Mit Lusche D. war ich dagegen so gut wie pausenlos zusammen, da kann man so was nicht durchhalten. Schwer zu erklären, aber es kommt der Moment, an dem man *erstickt*. Wer lange genug *manchmal* hübsch ist, erstickt. Das könnt ihr mir glauben.

Eine weitere Frucht der Woche, die auf meinen Rauswurf bei *Bagels & Beans* folgte, war ein Gedicht über mein Perineum. An mein Perineum, eigentlich. Es war ein Entschuldigungsschreiben, weil mein Perineum ständig mit dem Ergebnis eines so unaufrichtigen Genusses konfrontiert wurde. Der Sex mit Lusche D. war nämlich schrecklich. Wirklich schrecklich. Ich weiß nicht, wo ich anfangen soll – und *ob* ich anfangen soll.

Er lief jedenfalls immer gleich ab: Wir saßen bei ihm auf der Couch, und dann küssten wir uns. Ein bisschen leidenschaftlich, ein bisschen furchtbar gleichgültig. Dann stand er auf – das hasste ich, ich wollte nie, dass er aufsteht –, und wir gingen zusammen ins Schlafzimmer. Dort legten wir uns hin: ich unten und er oben.

Die Frage ist, wie weit ich hier ins Detail gehen sollte. Es läuft darauf hinaus, dass etwas sehr Eintöniges geschah, bei dem ich die ganze Zeit dasselbe Geräusch machte und er die ganze Zeit denselben Gesichtsausdruck hatte. Nachher verließ er das Zimmer und blieb ungefähr zehn Minuten weg. Ich bin nie dahintergekommen, was in jenen zehn Minuten passierte. Wenn er wiederkam, warf er mir ein Handtuch zu. Dann fühlte ich mich immer wie eine Nutte. Aber das Gefühl wurde regelmäßig von der Erleichterung abgelöst, dass diese Prozedur wieder einmal vorbei war.

Inzwischen habe ich Freundinnen, die sagen: »Ach *Soof*, Heterosex ist einfach so schlecht.« Aber das glaube ich nicht. Sie müssen da doch auch Spaß dran haben. *Ich* jedenfalls nicht, so viel steht fest.

Ein paar Monate nach unserem Kuss auf der Ruysdaelkade fuhren Lusche D. und ich für ein verlängertes Wochenende an den Lido. Auf Wikipedia steht: »Dieser Badeort ging in die Weltliteratur ein, weil dort Thomas Manns Roman *Der Tod in Venedig* spielt.« Ich habe das Buch nicht gelesen, aber ich glaube, ich hätte es auch schreiben können. *Irgendwas* starb in mir an jenem Wochenende. Was genau, weiß ich nicht, vermutlich jedoch: der Glaube daran, dass es gut ausgeht. Mit mir und Lusche D., und noch viel wichtiger: mit mir und dem Musendasein.

Ach Gott, die Musen. Ich habe an jenem Wochenende eine kennengelernt, und was für eine. Sie war die Frau eines Schrecklich Berühmten Autors, und ich würde sie gerne beim Namen nennen, aber der ist mir gerade entfallen. Vielleicht habe ich ihn auch nie gekannt. Schätzungsweise hat sie sich mir vorgestellt als: die Muse eines Schrecklich Berühmten Autors.

Lusche D. musste ihn für *Vrij Nederland* interviewen, weil er womöglich den Literaturnobelpreis gewinnen würde. Er genoss nämlich den ruhmreichen Ruf eines angesehenen europäischen Schriftstellers. Die EU stand damals mal wieder unter Druck, und deshalb hielt es jeder für eine gute Idee, den Preis an einen Wahren Europäer zu vergeben. Bei mir genoss dieser Mann allerdings vor allem den Ruf eines Üblen Lüstlings. Er bekam den Nobelpreis in dem Jahr nicht, hat aber noch Chancen: Wenn derzeit eine Gruppe besonders unter Druck steht, dann wohl die der Üblen Lüstlinge.

Am Abend nach dem Interview gingen wir zu viert essen: Lusche D. und ich zusammen mit dem Widerling und seiner Frau. Das Erste, was der Widerling zu mir sagte, war, dass ich mit offenen Haaren sicher noch besser aussähe, und das hatte er gut erkannt. Ich hatte allerdings vergessen, meinen Haarglätter mit nach Venedig zu nehmen, deshalb war das nicht zu ändern. Nach dieser Bemerkung sprach er über die *Conditio humana*, und dazu hatte ich eigentlich auch was zu sagen, doch wann immer er sprach, wandte er sich ausschließlich an Lusche D.

Deshalb redete ich irgendwann nur noch mit der Frau des Widerlings, und die fand ich ziemlich ermüdend. Wir entdeckten, dass sowohl sie als auch mein Vater für das Rijksmuseum gearbeitet hatten, und ich hoffte, sie würde mir verraten können, was er da getan hatte, denn das verstand niemand. Meine Mutter sagte immer: »Es könnte sein, dass dein Vater eigentlich für den Geheimdienst arbeitet.« Wer weiß. Mein Vater hat darüber nie ein Wort verloren. Ganz selten erzählte er mal was, stiftete damit aber nur noch mehr Verwirrung. »Das Trampeltier hat heute wieder alles gegeben.« *Solche* Dinge sagte er dann.

Das Trampeltier war die Vorgesetzte meines Vaters, und ihre Sicht der Dinge unterschied sich doch sehr von seiner. Ich habe sie nur einmal gesehen, auf der Museumsnacht. Sie gab mir einen Spieß mit Erdbeeren und meinte, dass ich den in den Schokoladenbrunnen halten könne, wenn ich das lecker fände. Mein Vater meinte, dass ich mir die Gemälde ansehen könne, wo wir doch in einem Museum seien. Das habe ich auch kurz getan, bin aber immer wieder zu dem Brunnen zurückgeschlichen. Darin zeigte sich der visionäre Weitblick des Trampeltiers: Menschen mögen Schokolade lieber als Kunst.

Sie hat es im Rijksmuseum länger ausgehalten als mein Vater. Das Trampeltier hat die Große Wende überlebt, mein Vater nicht. Während der Großen Wende wurden alle entlassen, die lieber in einem Museum als in einem Schokoladengeschäft arbeiten wollten. Mein Vater hatte das falsche *Mindset*, deshalb bekam er einen silbernen Händedruck. Davon sind wir dann ein paarmal in den Urlaub gefahren, und während ich das alles der Frau des Widerlings erzählte, sagte sie unaufhörlich: »Er wird sich wahrscheinlich nicht an mich erinnern.« Ich schwör's euch: Diese Art von Aussage macht mich echt fertig.

Eine Stunde später gingen wir in ein Restaurant, das der Widerling ausgesucht hatte. Um dort hinzukommen, mussten wir ein Boot nehmen, und auf diesem Boot fing er an, mir in die Waden zu kneifen. Ich war bestürzt, und ich glaube, Lusche D. auch, aber auf seinem Gesicht war ein Lächeln eingefroren. Er bekommt womöglich den Literaturnobelpreis, also lass ihn ruhig fummeln, sollte es mir vermutlich sagen.

Ich sah das anders. Ich fragte den Widerling, was er sich in Gottes Namen dabei denke, und da kräuselten sich seine Mundwinkel verschmitzt. »Ich habe gehört, du willst durch Europa radeln«, sagte er. Das stimmte, das hatte ich tatsächlich vor. Am glücklichsten war ich auf dem Fahrrad, also dachte ich: Warum nicht für immer? Ich nickte, woraufhin der Widerling nuschelte: »Wollte nur kontrollieren, ob du schon startklar bist.«

Beim Essen litten alle darunter, dass der Widerling sich ständig an die Bedienung ranschmiss. Ich konnte ihm nicht unrecht geben: Sie war ein wunderschönes Mädchen. Es wurde allerdings noch schlimmer, wenn sie *nicht* da war – denn dann ignorierte er seine Frau, sprach ausschließlich mit Lusche D. und warf mir hin und wieder zu, ich möge meinen Tintenfisch aufessen.

Aber ich konnte nicht mehr: Als Vorspeise hatte ich eine Pizza bestellt. Ich war so satt, dass ich das Gefühl hatte, mich für den Rest meines Lebens problemlos von nichts als Mandarinen ernähren zu können: so satt. Aus dem Augenwinkel sah ich, dass die Frau des Widerlings mit mir mitfühlte. Als er auf dem Klo war, flüsterte sie: »Liebes, es reicht, wenn du mal probierst.« Danach ging Lusche D. aufs Klo, und der Widerling nutzte die Gelegenheit, um mich zu fragen, worin ich denn gut sei. »In der Schule?«, fragte ich zurück. »Nach was anderem würde ich nie zu fragen wagen«, antwortete er. Wieder erschien dieses Lächeln. Gott, was war der für ein Übler Lüstling, dieser Schrecklich Berühmte Autor.

»Liebes, es reicht, wenn du mal probierst.« An diesen Satz musste ich nachher noch oft denken. Ich habe das Musendasein probiert und wollte es auskotzen wie meinen Tintenfisch. Irgendwann erzählte ich das Lusche D.: »Mir graut davor, wie die Frau des Widerlings zu enden.« Er antwortete, das werde er nie *zulassen* – eine nicht sehr beruhigende Reaktion, wenn ihr mich fragt. Diese Dinge haben zu meinem Entschluss beigetragen, das Ganze dann doch zu beenden. Außerdem fand ich es schlimm, dass ich dem Moment, an dem wir uns ausziehen würden, schon beim Nachtisch mit Schaudern entgegensah. Lusche D. spürte das, denke ich. Er sagte: »Ich möchte gar nicht so sehr mit dir vögeln, ich möchte einfach mit dir *sein*.«

Im *Sein* waren wir tatsächlich ganz brauchbar. Ich glaube, niemand hat die Türen und Fenster so perfekt geschlossen wie Lusche D. damals. Er und ich lebten in

einer sehr kleinen Welt, voll mit Bob Dylan, dem Lied
»Paris 1919« von John Cale und Gedanken, die sich im
Grunde einzig und allein um Anerkennung drehten
und die Furcht, sie nie zu erhalten.

Lusche D. hat mir enorm geholfen, diese Angst zu
überwinden. Er schrieb mir sogar einen Brief: »Bleib ruhig, folge deiner Intuition und verschwende keine einzige Minute, keinen Gedanken an Die Anderen, an Erwartungen und Ambitionen. Die Anderen gibt es nicht,
sie werden sich auflösen, ihre Meinungen sind völlig
irrelevant. Lass sie ruhig kribbelig werden. Schäme
dich nur für die Dinge, für die du dich schämen solltest.
Und was den Rest angeht: Versetze dich nie in deinen
Feind.«

Ich verstand nicht so ganz, was er mit dem letzten
Satz sagen wollte. Mit dem Satz davor übrigens auch
nicht. Aber davon mal abgesehen, waren das sehr nützliche Ratschläge. Misslich war nur, dass ich nicht erkannte,
dass *er* Der Andere war. Im Grunde wollte ich Lusche D.
besiegen, ihn und meinen Bruder und vielleicht noch
eine Reihe Anderer – genau genommen: Männer. Versteht mich nicht falsch, das ist ein prima Menschenschlag, und es gibt jede Menge Männer, mit denen ich
mich gut verstehe, aber: Es geht einfach so oft *schief*.

Mit *schief* meine ich, dass Frauen noch oft schwin-
gendes langes Haar haben und Männer viel kürzeres,
und dass Frauen alles in allem ein ganzes Stück weniger
Raum bleibt, zum Atmen und dazu, Witze zu reißen,
über die dann auch wirklich jemand lacht, und nicht
pausenlos lächeln zu müssen, ohne dass man sie gleich

für eine Hexe hält. Über solche Dinge kann ich mich ziemlich aufregen.

Dieses Bewusstsein war bei mir mit achtzehn noch nicht geweckt. Lusche D. und ich machten ziemlich viele Witze über Minderheiten, vor allem über Lesben. Das seien doch echt eigenartige Menschen, fanden wir. Als es aus war zwischen uns, er sich aber noch nicht gegen mich gewandt hatte und wir uns auf einen Kaffee trafen, meinte er, ich sei jetzt doch noch die *Kampflesbe* geworden, über die wir früher immer so gelacht hätten. Da blieb mir die Luft weg. Für diejenigen unter euch, die noch nie auf ein kulturelles Stereotyp reduziert worden sind: Es fühlt sich an, als würde man einen Mordsschlag in die Magengrube verpasst bekommen und kurz um Luft ringen. Das Ärgerliche daran ist, dass man wegen des Luftmangels ein Weilchen nicht nachdenken kann und deshalb immer wieder dasselbe tut: lächeln.

Und zu guter Letzt hat er sich gegen mich gewandt. Es ist eine etwas tragische Geschichte – die Frage ist nur, ob wir das Thema vertiefen müssen. Es fing mit der Bemerkung über Kampflesben an und endete mit einem Haufen Bemerkungen ähnlicher Art. Genau genommen endete es da, wo es immer endet: bei der Ausrede, dass das *Humor* sei und du den aushalten können musst.

Ich habe viel über Humor nachgedacht und mich gefragt, warum ich immer *Du* sein musste. Und vielleicht liegt es nicht einmal am Humor – vielleicht entsteht das Giftige aus der Tatsache, dass die Ichs und die Dus so ungleich verteilt sind. Ich habe versucht, ihm das klarzumachen, aber er hat es nicht verstanden. So ist das mit

Menschen, die zu lange *Ich* sind: Sie werden nie mehr Du. Er nannte mich eine lesbische Fundamentalistin, und vielleicht bin ich das tatsächlich. Aber auch mit Fundamentalisten kann man Spaß haben. Glaubt mir.

Jennifer

Die Zeit nach Lusche D. war voller Stille. Ich wohnte in einem Container, und da *gab* es noch nicht mal Fenster. Ich hatte nur eine Vorder- und eine Hintertür. Die Hintertür führte auf meinen Balkon, der mit vollen Bierkisten überladen war, weil ich einmal eine Einweihungsparty geschmissen hatte, bei der jede Menge übrig geblieben war. Sowohl während als auch nach der Party kam so gut wie nie jemand vorbei, und so passierte mit dem Bier natürlich auch nicht viel.

Es kam deshalb nie jemand vorbei, weil ich *allein* sein wollte. Ich wollte eine der Großen werden. Das wollte ich davor auch schon, zu der Zeit, als ich fast alle Bestellungen bei *Bagels & Beans* vergaß, aber jetzt wollte ich es noch mehr, noch dringender. Lusche D. hatte gesagt: Schreib und lies täglich zwei Stunden, dann kannst du es in ein paar Jahren. Wenn Lusche D. zwei Stunden schaffte, musste ich drei Stunden schaffen.

Tage-, wochen-, monatelang habe ich an den Kühlschrank gelehnt Bücher gelesen, die mir im Grunde egal waren, weil mich, wenn ich mal ehrlich bin, nur meine *eigenen* Konturen interessierten, und die findet man auf diese Weise nicht. Ich jedenfalls fand sie nicht. Das einzige Buch, das mir was brachte, war Coetzees *Die jungen Jahre*. Das handelt von einem Jungen, der genau dasselbe tat wie ich damals und der dadurch genau wie ich sehr traurig wurde.

Mein Sexleben war zu der Zeit inexistent. Ich sah eigentlich niemanden. Trotz der Angst, mich in die Frau des Widerlings zu verwandeln, hielt sich ein Gedanke hartnäckig: Besser als Lusche D. wird es nicht – und Lusche D. war aus meinem Leben verschwunden. Ich traf mich mit niemandem und küsste niemanden, weil ich dachte: Dann wollen sie wieder, dass ich ihm ein Küsschen gebe, oder werfen mir nachher ein Handtuch zu. Also, darauf hatte ich *echt* keine Lust.

Wobei mir gerade einfällt, dass ich doch noch mit einem Jungen rumgeknutscht habe: mit Koos, auf dem Balkon mit dem vielen Bier. Aber der fing dann bald an, mir allerlei polnische Gedichte zu schicken und mir zuzuflüstern, dass er immer gedacht habe, ich sei *out of his league*. Das machte mich nicht gerade heiß. Oder genauer gesagt: Es ließ mich kalt.

Koos studierte Polnisch, und ich hatte ihn kennengelernt, weil ich selbst Russisch studierte. Das kann ich wirklich niemandem empfehlen. Ich werde später noch mehr darüber erzählen, jetzt nur so viel: Macht es nicht. Macht es nie – Russisch studieren. Es ist eine Art Militarisierung von Leuten, die den Arsch nicht hochkriegen.

Selbst bekam ich jedenfalls eine Panikattacke nach der anderen. Es *ging* nicht mehr, versteht ihr? Weniger wegen des Russischstudiums, denn rückblickend hat das eine eher untergeordnete Rolle gespielt. Es ging einfach nicht mehr, *ganz allgemein*. Ich lebte, wie mir meine geheimen Schreibsessions immer wieder vor Augen führten, völlig in meinem eigenen Echo. Wenn man in seinem eigenen Echo lebt, sieht und hört man nur sich selbst und fragt sich zunehmend, ob *es* einem entgleitet. Was *es* ist, weiß man nicht, und das führt zu noch mehr Angst.

Denn Angst, die hatte ich. Alter Schwede! Angst vor der Uni, Angst nach der Uni, Angst beim Aufstehen, Angst auf dem Fahrrad. *Angst ist all das Weiß, das meist nicht aus der Zeile verschwindet*, habe ich mal geschrieben. Nur ein Mal habe ich jemanden etwas Sinnvolles zu diesem Thema sagen hören, und das war mein Philosophiedozent. Er unterschied Angst von Furcht, wobei Furcht die Angst vor dem Konkreten ist und Angst das Gefühl, das mit dem Gedanken einhergeht: *Shit is going down*. Mein Dozent alberte, er habe das Gefühl manchmal, wenn er zu viel Kaffee getrunken habe. Ich hatte dieses Gefühl ständig.

Shit went down Ende August, im Sommer nach meinem ersten Jahr Russisch. Ich habe darüber übrigens was Kurzes geschrieben. Ich kann das ruhig mit euch teilen. Es heißt: *Wibaut*.

Wibaut

Ich radelte durch die Wibautstraat, sah die großen, dunklen Wolken über meinen Kopf hinwegziehen und merkte, dass es schiefging. Es geht so oft schief, mal mehr, mal weniger. Dieses Mal war: anders.

An jenem Tag hatte ich Rote Bete von Hema gegessen. Ich war durch Betondorp geradelt und hatte mich gefragt, in welcher Straße Johan Cruijff früher wohl gewohnt hat. Ich war auf dem Geburtstag eines Menschen gewesen, der mir völlig gleichgültig war, und mir war aufgefallen, dass Evelien nicht lachte. Meine Mutter flüsterte: »Man hat ihnen gerade gesagt, dass Jona nicht mehr gesund wird.«

Das war, bevor man uns sagte, dass *meine* Mutter nicht mehr gesund würde. Was ich damals nicht auch noch ertragen hätte. Obwohl das natürlich das Tragischste ist: Jemandem wird gesagt, dass es zu Ende geht, und alle anderen fragen sich daraufhin nur betrübt, wie die Dinge für sie weitergehen.

Am Abend vor dem Abend, an dem ich durch die Wibautstraat radelte, hatte ich im Kino allein *Good Will Hunting* gesehen. An der Stelle, wo Sean Maguire zu Will Hunting sagt: »Du kannst nichts dafür, du kannst nichts dafür, du kannst nichts dafür«, habe ich geweint. Ich muss bei dem Gedanken daran übrigens immer noch ab und zu weinen.

Einen Tag später ging ich in einen Film mit Viggo Mortensen in der Hauptrolle. Während ich im Kino saß, hörte ich allerlei Stimmen. Die Stimme meines Bruders, die Stimme von Lusche D. Ich hörte, wie sie ihre Rede begannen. Es war: meine Beerdigung. Ich sah sie hinter so einem Katheder stehen, ein bisschen verdattert, aber fest entschlossen, eine schöne Rede zu halten.

Danach wollte ich nach Hause, aber am Waterlooplein machte ich halt. Ich fing an zu weinen und rief meinen Bruder an. Der ging nicht dran. Der ging oft nicht dran – vermutlich der Grund, warum ich *ihn* anrief. Ich erwog, auch Fenna anzurufen und meine Eltern, aber ich traute mich nicht. Die Überzeugung, dass ich ertrinke, wuchs mit jedem Tag, aber das sagte ich niemandem. Wenn man dann einmal *wirklich* absäuft, traut man sich nicht, irgendwen anzurufen. Also radelte ich weiter.

Ich wohnte in einem Appartmentkomplex, der aus Containern bestand. Meiner befand sich im zweiten Stock, und wenn ich auf meinen Balkon trat, konnte ich den fünften sehen. Im Fünften gab es eine Treppe, die aufs Dach führte. Ich sah sehr oft zu dieser Treppe hinauf. Ich wusste, dass man zu dieser Treppe hinaufsteigen konnte und nie wieder zurückzukehren brauchte. Das wollte ich natürlich nicht, aber jemand mit Höhenangst will auch nicht springen – er hat Angst, springen zu *wollen*.

Als ich nach Hause kam, habe ich eine romantische Komödie angemacht und die sehr konzentriert geguckt. Später habe ich mich ins Bett gelegt und kurz über die Tatsache nachgedacht, dass das Ende kein Ende hat. Aber von dem Gedanken wird mir immer so schlecht, nicht aus Ekel, sondern wegen der Tiefe. Danach bin ich eingeschlafen, denn diese Art von Gedanken kenne ich, seit ich zehn bin, und damals habe ich mit mir selbst ausgemacht, ihnen nur in sonnigen Momenten Raum zu geben.

Traurige Geschichte, ne? Nach jener Nacht habe ich noch eine Woche lang in meinem Container gewohnt, doch das Dumme war: Ich konnte nicht mehr schlucken. Wenn die Angst echt groß ist, kann man irgendwann nicht mehr schlucken. Deshalb kriegte ich nichts mehr runter, musste aber gleichzeitig pausenlos auf die Toilette, weil ich von demselben Gefühl ununterbrochen Durchfall hatte. Auf diese Weise nahm ich innerhalb einer Woche drei Kilo ab und merkte: Es ist Zeit, nach Hause zu gehen.

Also zog ich wieder zu meinen Eltern, wo meine Mutter mir immer wieder sagte: »Mein Schatz, es tut mir so weh, dich so zu *sehen*.« Was bei mir eine gewisse Anspannung auslöste. Aber es gab keine Treppe, versteht ihr? Das war das Einzige, was ich wusste: von Treppen fernhalten, denn eines Tages wirst du zurückkommen wollen. Wenn es wirklich finster ist, ist das manchmal das Einzige, was du dir sagen kannst: Das hier hört auf. Glauben tust du's zwar absolut nicht, aber du weißt, dass du es glauben *solltest*.

Es war noch immer finster, als ich ein paar Monate später meine erste Freundin kennenlernte: Jennifer. Jennifer ist Schauspielerin, aber ihr kennt sie wahrscheinlich aus nichts. Die meisten Schauspieler kennt man nicht: Das ist echt ein Irrtum über Schauspieler. An dem Abend, an dem ich ihr begegnete, war das fast das Erste, was sie zu mir sagte: »Du kennst mich wahrscheinlich aus nichts.« Ich fand das einen ungemein rührenden Eröffnungssatz, und ich denke nicht, dass sich mir jemand je auf eine so freimütige Art vorgestellt hat.

Das Erste, was ich zu ihr sagte, war, dass ich nicht kapierte, wo die Klos seien, und ob sie zufällig auf Mädchen stehe. Sie zeigte nach hinten und antwortete: »Ja.« »Dann heiße ich Sofie«, sagte ich. Als ich vom Klo zurückkam, stand sie noch am selben Fleck. So wusste ich, dass sie mit mir knutschen wollte. Erst sprachen wir über ihre Latzhose, wozu sie mir erzählte: Das sei keine Lesbenlatzhose. »Ich bin einfach eine Lesbe in einer Latzhose. Das ist was anderes.« Es ist verrückt: Lesben haben immer Angst davor, Lesben zu sein. Wahrscheinlich, weil sie bei der ersten falschen Bewegung als Fundamentalistinnen beschimpft werden.

Aber Jennifer machte keine falschen Bewegungen. Ich fragte sie, was sie trinke, und sie sagte: »Wodka Apfelsaft.« Ich habe dann auch mal probiert, und es schmeckte genau wie der Rest des Abends: süß und schrecklich stark. Selbst trank ich Bier, echt furchtbar viel Bier, denn es war meine erste Nacht im *De Trut*, und ich wusste nicht viel vom *De Trut*, außer: Dieser Ort lässt von niemandem was übrig.

Eigentlich hatte niemand Klamotten an. Die Jungs und Mädels hinter der Bar nicht; die Jungs und Mädels auf der Tanzfläche bald auch nicht mehr. So gehört sich das hier – wusste ich, und es war, als ob ich es nie *nicht* gewusst hätte. Fenna hatte damit ihre Mühe. Fenna war und ist meine beste Freundin. Schon früh am Abend hatte sie sich auf einen Stuhl in der Ecke gesetzt, und jedes Mal, wenn ich zu ihr kam, sagte sie: »*Dude.*« Dann gab ich ihr ein neues Bier und sagte: »*Alte.*« Lustig, wie Fenna und mir diese zwei Worte immer genügt haben.

Ich weiß nicht, ob ich mich an diesem Abend in Jennifer verliebt habe. Verliebtheit ist eine seltsame Sache. Aber *Gott*, wie gern wollte ich sie küssen! Es war, als hätte sie jemand im Matheunterricht gezeichnet: ihre Augen mit dem Lineal, das Kinn mit dem Geodreieck. Sie sagte: »Ich werde dich nicht küssen, weil du dann denkst, dass alle Mädchen so küssen wie ich.« Ich antwortete, dass mir das scheißegal sei – dass ich *sie* küssen wolle, niemanden sonst, und das stimmte auch.

Wir haben uns dann geküsst, und das hat, glaube ich, einige Stunden gedauert. Überall habe ich sie geküsst: am Hals, am Ohr, auf die Nase. Sie flüsterte, dass sie mir am nächsten Morgen Spiegeleier machen wolle, und ich weiß noch, dass ich sie ficken wollte – und dass ich das noch nie gewollt hatte, nicht *echt*. Fenna war inzwischen schon nach Hause gegangen. Die sprach ich erst am nächsten Morgen wieder, am Telefon. Sie sagte: »Was für ein Abend!«

Ein besonderer Abend war es ganz bestimmt. Als das *De Trut* schloss und echt *alle* nackt waren außer Jennifer und mir, gab sie mir ihre Nummer. Ich wollte ihr meine geben, aber sie sagte: »Du rufst *mich* an.« Auf dem Weg nach Hause hielt ich oben auf der sehr steilen Brücke zur Tweede Constantijn Huygensstraat. Dort ließ ich meine Hose runter, um zu pinkeln. Und dachte, dass es jetzt anfangen würde. Erst später begriff ich, dass es nie anfängt, sondern nur vorübergehend *ist* – Glück.

Eine Woche später verabredeten wir uns in der Cocktailbar *Vesper*. Ich war so nervös, dass ich mich nach zwanzig Minuten in der Toilette auf den Boden legen musste. Ich konnte es einfach nicht *fassen* – einerseits, dass Jennifer in Jeans noch besser aussah als in Latzhose, andererseits aber auch die Preise der Cocktails. Vor dem Date hatte ich mit Daniel telefoniert, um ihn zu fragen, wo man mit Frauen so hingehe. »In eine Cocktailbar«, antwortete er entschieden. Das erklärt womöglich die mickrige Zahl von Frauen im Leben meines Bruders, denn diese Läden sind schlicht unbezahlbar.

Als ich wiederkam, flirtete der Barmann gerade mit Jennifer. Eine halbe Stunde später fingen Jennifer und ich an zu knutschen, woraufhin er uns beide abschleppen wollte. Überall, wo ich mit Jennifer rumgeknutscht habe, wollte man uns abschleppen. Meistens verstummten die Leute erst mal, dann fingen sie an zu grinsen – und dann ging's los. Wirklich seltsam: Unser Zusammensein schien immer als Einladung aufgefasst zu werden. Dabei wollte ich echt *niemanden* einladen. Jennifer sagte dazu nur: »Soof, so ist das halt.«

Nach dem *Vesper* gingen wir ins *Thijssen*, weil man sich dort betrinken konnte, ohne nachher Privatinsolvenz anmelden zu müssen. Ich meine, dass mich Jennifer da zum ersten Mal fragte, was ich so treibe. Ich antwortete, dass ich eigentlich schreiben wolle, mich aber nicht mehr traute. Sie sagte: »Wenn es das ist, was du wirklich willst, musst du es einfach *tun*.« Dagegen ließ sich natürlich nichts einwenden, und als sie mich fragte, ob ich mit zu ihr kommen wolle, meinte ich: »Glaub schon.« Sie fuhr mir mit den Händen durchs Haar und sagte: »Ich mach dir auch nur 'nen Tee.«

In der Küche fragte sie dann, ob Wasser auch okay sei,

weil ihre Mitbewohnerin sonst vom Wasserkocher geweckt würde. Sie hieß Amélie und war die Geliebte von Jasper Krabbé. Krabbés Frau wusste ganz genau, was da abging, und nannte Amélie immer »die kleine Hexe«. Aber für mich war Amélie einfach Amélie.

Jasper Krabbé habe ich nur einmal gesehen, als ich aufs Klo wollte und er gerade rauskam. Ich habe mich damals hinter einem Schrank versteckt, aber doch um die Ecke gespäht. Der Mann hat wirklich einen Traumoberkörper!

Im Bett haben Jennifer und ich dann rumgeknutscht, und nach ungefähr fünf Minuten startete ich einen Versuch, sie zu lecken. Da hatte ich jetzt echt Lust drauf: jemanden zu lecken. Ich weiß noch, wie ich, den Kopf zwischen ihren Beinen, plötzlich die Stimme meiner Mutter hörte: »Mein Schatz, es tut mir so weh, dich so zu *sehen*.« Manchmal denke ich echt an die falschen Sachen im falschen Moment. Aber bevor ich Jennifers Reißverschluss aufbekam, packte sie mich am Kragen. »Du hast das noch nie gemacht, du kleine Draufgängerin«, sagte sie. Dann haben wir wieder geknutscht. Mit Frauen kann man es oft echt langsam angehen lassen. Außerdem fragen sie selten, ob du ihnen nicht irgendwo ein Küsschen geben möchtest, und werfen dir wirklich nie ein Handtuch zu. Wenn ihr noch unentschlossen seid, für wen ihr euch entscheiden sollt – na, ihr versteht sicher, was ich euch empfehle.

Bald darauf wurde ich Jennifers Freundinnen vorgestellt, und die waren auch alle Schauspielerinnen. Jede Einzelne war wunderschön, und ich fragte mich, was ich bei ihnen zu suchen hatte. Sie fragten sich das, glaube ich, auch. Sie sprachen so gut wie nie mit mir. Schauspieler sprechen nur mit Schauspielern, entdeckte ich. Alle anderen betrachten sie als Publikum – sie sehen nicht dich, sondern nur deine Augen. Das gilt wirklich für alle Schauspielerinnen und Schauspieler, ganz egal, ob man sie aus irgendwas kennt.

Jennifer und ihre Freundinnen waren echte *Frauen*, versteht ihr? Ich nicht. Ab und zu schlug ich ein Bein übers andere, um auch Frau zu sein, wenigstens für kurze Zeit, aber dann sagte Jennifer immer: »Du spielst das zu *groß*.« Irgendwann habe ich einfach damit aufgehört. Mit allem: dem Glätten meiner Haare, dem Tragen von Spitzenunterwäsche, mit einfach allem. Ich bekam ein bisschen besser Luft, und genau so habe ich Jennifer in Erinnerung: als herrliches Stückchen Luft.

Jennifers bester Freund hieß Valentin, und der sprach genauso wenig mit mir. Nicht weil er Schauspieler gewesen wäre, sondern weil sein kleiner Bruder schwer krank war. Ich habe Valentin nie wirklich kennengelernt. Jedenfalls behauptete Jennifer das, und fügte oft hinzu: »Das ist nicht Valentin, das ist nur seine Traurigkeit.« Valentins Traurigkeit war: sehr viel Liquid Ecstasy und mindestens genauso viele Männer. Manchmal gingen wir zusammen aus, und ich hatte meine Jacke noch nicht mal aufgehängt, da lag Valentin schon irgendwem in den Armen. Gelegentlich wechselten wir an so einem Abend ein paar Worte. Dann bot er mir sein Glas an und sagte: »Ein Schlückchen für Sofie.« Wenn ich es an meine Lippen setzte, fügte er hinzu: »Schätzchen, da ist *fucking* viel Liquid X drin.« Und dann gab ich es ihm wieder zurück.

Valentin übernachtete oft bei Jennifer, weil er kein Zuhause hatte. Es gab viele Jungs, die in Valentin verliebt waren, und so war es Jennifers tagesfüllende Aufgabe, sie an der Gegensprechanlage abzuwimmeln. Zu jeder nur denkbaren Tageszeit klingelten sie – manchmal heulend, manchmal außer sich vor Wut. Manchmal war es plötzlich Jasper Krabbé. Dann kam Amélie aus ihrem Zimmer getrottet, immer genervt, weil sie gerade irgendeine Serie guckte. Amélie war damals im Praktischen Jahr ihres Medizinstudiums, und ich hatte eine Heidenangst, dass sie mich eines Tages operieren müsste. Denn eins war glasklar: *Gossip Girl* bedeutete ihr wesentlich mehr als ein Menschenleben.

Es war eine merkwürdige WG: Alle *lagen*. Amélie mit ihrem Laptop im Bett, Valentin auf der Couch, mal verkatert, mal mit einem furchtbar gut aussehenden Jungen. Ich lag in Jennifers Bett, weil ich vor all diesen Menschen ziemlich Schiss hatte und mich nicht mehr aus dem Zimmer traute. Eigentlich war Jennifer die Einzige, die sich noch ab und an fortbewegte. Um Kiwisaft für uns alle zu pressen. Fragt mich nicht, warum, aber Jennifer *lebte* quasi von Kiwisaft.

Wenn Jennifer ihren Saft verteilt hatte, kam sie wieder zu mir ins Bett. Dann küsste sie mich und sagte: »Entspann dich mal.« Aber ich konnte mich nicht entspannen. Eigentlich konnte ich bloß schauen, endlos Jennifer anschauen und dann sagen: »Die Barfrau im *De Trut* findet, dass du das schönste Mädchen von allen bist.«

»Ich will nicht, dass die Barfrau das sagt – ich will, dass *du* das sagst«, erwiderte sie dann. Und da hatte sie natürlich recht. Aber ich habe es immer schwierig gefunden, mit Menschen direkt in Kontakt zu treten. Skydiven: prima. Ein Auftritt vor einer großen Gruppe: auch gut. Direkt in Kontakt treten: bloß nicht. Jennifer fühlte sich dadurch mit der Zeit recht einsam, glaube ich. Und ich hätte so gerne gesagt: »Das liegt nicht an dir, sondern an *mir*.« Doch auch das habe ich natürlich wieder für mich behalten.

Ihr könnt übrigens gerne, so viel ihr wollt, darüber fantasieren, womit Schauspielerinnen alles ihre Zeit verbringen, aber hauptsächlich tun sie eines: Cappuccino trinken. Wirklich wahr: Cappuccino, Cappuccino, Cappuccino. Menschen assoziieren Schauspielerinnen oft mit Filmen, aber das ist echt Quatsch. Nur Carice van Houten spielt in Filmen mit. Alle anderen verbeißen sich in Vorsprechen, die vielleicht, vielleicht aber auch nicht stattfinden werden.

Wenn Jennifer mal ein Vorsprechen hatte, war das für die Rolle eines heterosexuellen Teenies. Jennifer zufolge gab es Schubladen, und aus denen kam man nie mehr heraus: Sie war in der Schublade für heterosexuelle Teenies. Eine ihrer Freundinnen befand sich in der Schublade *Dicke*, und nachdem sie drastisch abgenommen hatte, wurde sie freundlich gebeten, bitte wieder zuzunehmen – sonst würden ihnen die Dicken ausgehen.

Und doch bekam Jennifer nach einer Weile eine Rolle: im Theaterstück *Polleke*. Sie spielte so eine falsche Tusse, die vorgibt, eine gute Freundin von Polleke zu sein, aber im entscheidenden Moment mit Mimoen rumknutscht, Pollekes großer Liebe. Ich fand das eigentlich nicht okay, denn Polleke hat es zu dem Zeitpunkt nicht leicht. Wenn ihr mich fragt, hätten sie besser Amélie engagieren sollen, versteht ihr?

Auf einer einschlägigen Website mit Schulaufsätzen steht zu dem Buch, auf dem *Polleke* basiert, die folgende Rezension: »Mir hat das Buch nicht gefallen. Es ist langweilig und uninteressant, weil darin wenig passiert. Es ist auch traurig, weil sich die Geschichte fast vollständig rund um den Tod von Pollekes Opa abspielt. Es ist auch sehr kindisch. Polleke ist schon zwölf, aber sie macht viel Unfug und kann überhaupt nicht dichten, denkt aber, dass sie es ganz besonders gut kann. Das Buch ist sehr lehrreich, weil es vom Glauben handelt und davon, dass jeder irgendworan glaubt. Aber Glauben ist ein Thema, das mich nicht so interessiert.«

Völliger Unsinn, wenn ihr mich fragt. Polleke kann sehr wohl gut dichten:

Die Augen der Kuh
sind traurig und weise,
auch müde, weißt du,
als denke sie nach langer Reise:
Weiß nicht, was ich hier tu.

Das ist ein sehr schönes Gedicht, und wer das nicht glaubt, glaubt wirklich an gar nichts.

Es heißt, man sollte sich besser nicht in der Nähe einer Schauspielerin aufhalten, wenn eine Premiere bevorsteht, und das stimmt auch. Jennifer sprach eigentlich nur noch selten mit mir. Sex wollte sie auch keinen mehr – jedenfalls keinen *richtigen*. Bei richtigem Sex küsst man sich ganz viel, meiner Meinung nach. Aber ich durfte sie gar nicht mehr küssen, nur noch *brutal* fingern. Wenn man mich richtig traurig machen will, muss man mich nur darum bitten. Ich habe das zwar gemacht, klar. Richtig lange und richtig fest, weil ich hoffte, dass sie davon aufwachen würde. Aber sie wurde nicht wach, nicht *wirklich*.

Auf der Premiere lernte ich ihre Eltern kennen, und das Einzige, was ihre Mutter zu mir sagte, war: »Ich dachte, du hättest lange Haare.« Ihre Mutter war eine von der schlimmsten Sorte: erst sagen, dass es wunderbar ist, wenn die Tochter auf Mädchen steht, aber dann von der Klippe springen wollen, wenn besagtes Mädchen sichtlich lesbisch ist. Ich bin *sichtlich* lesbisch, das kann ich auch nicht ändern. Zu dieser Zeit fing es langsam an, und ich kann euch sagen: Inzwischen gibt es keine Meinung mehr, die ich *noch nicht* gehört habe.

Die häufigste Bemerkung war: »Du brauchst dir die Haare nicht kurz zu schneiden, nur weil du lesbisch bist.« Das ist eine seltsame Argumentation. Eigentlich wollen sie sagen: »Schneid dir die Haare bloß nicht kurz, denn dann weiß jeder, dass du lesbisch bist, und vielleicht wechselt deine Schwiegermutter dann kein Wort mehr mit dir.« Auch an diesem Gedankengang gäbe es einiges auszusetzen, aber er ist zumindest ehrlicher.

Weil ich nach der Premiere keine Lust hatte, stumm neben Jennifers Eltern zu stehen, bin ich durchs Gebäude geschlendert. Ich fühlte mich ein bisschen wie die traurige Kuh, von der Polleke sprach, versteht ihr? Weiß nicht, was ich hier tu, dachte ich die ganze Zeit.

Schließlich sind wir alle noch was essen gegangen: Jennifer, ihre Eltern, Sallie Harmsen und ich. Sallie Harmsen spielte in dem Stück die Hauptrolle, und das war ihr verdammt klar. Es ist nicht so nett, das zu sagen, aber von allen Schauspielerinnen ist Sallie Harmsen wirklich die blödeste. Ich habe mich ihr, schätze ich, vierunddreißig Mal vorgestellt, und alle vierunddreißig Mal nickte sie wahnsinnig interessiert, als ich ihr meinen Namen nannte. Beim nächsten Mal sage ich, glaub ich, dass ich Sallie Harmsen heiße. Vielleicht kann sie sich dann meinen Namen merken.

Einen Tag nach der Premiere machte Jennifer Schluss. Es lief sehr unterkühlt ab, und ich habe später selbst versucht, es so zu machen, es aber nie geschafft. Ganz manchmal denke ich, dass Sallie Harmsen es ihr eingeflüstert hat, obwohl das ziemlich unwahrscheinlich ist. Meiner Meinung nach wusste Sallie Harmsen noch nicht einmal, dass Jennifer und ich was miteinander hatten. Bestimmt dachte sie einfach, ich wäre ihre Steuerberaterin. Wobei die Leute den Kontakt mit ihrem Steuerberater herzlicher beenden dürften, als Jennifer es mit mir getan hat.

Wisst ihr, was sie sagte? Sie sagte, dass sie alles Unangenehme endlich hinter sich lassen wolle. Und nachdem die Premiere jetzt rum sei, sei ich dran. Mir war echt danach, sie als heterosexuellen Teenie zu beschimpfen. »Und das wirst du auch immer bleiben!«, wollte ich ihr ins Gesicht brüllen. Aber ich beschimpfe nie jemanden, wenn so etwas passiert. Ich bekomme bloß wieder Durchfall und Schluckbeschwerden.

Glaubst du, das hier ist
Blau ist eine warme Farbe?

Blau ist eine warme Farbe ist ein Film von 2013, der von einem fünfzehnjährigen Mädchen aus Lille handelt, das sich bis über beide Ohren in ein anderes Mädchen verliebt. Als ich ihn zum ersten Mal sah, war es noch nicht so lange aus mit Lusche D., und weil der Film die Einsamkeit nach dem Ende einer Beziehung sehr gut einfängt, musste ich ganz furchtbar heulen. Eigentlich gibt *Blau ist eine warme Farbe* jedes Gefühl – oder zumindest alle, die der Rede wert sind – sehr gut wieder. Wenn das Leben nur drei Stunden lang wäre, würde ich einfach *Blau ist eine warme Farbe* gucken: Dann hat man alles erlebt.

Der Film ist drei Stunden und sieben Minuten lang, sodass man in dem Fall die letzten sieben Minuten verpassen würde. Deshalb erzähle ich jetzt schon mal, was in diesen letzten Minuten passiert: Adèle geht zu der Ausstellung ihrer großen Liebe, mit der es inzwischen aus ist. Auf vielen der Gemälde, die dort hängen, ist Adèle zu sehen. Sie trifft auf die neue Freundin ihrer großen Liebe, die sie mit großen Augen ansieht und sagt: »Und falls du's übersehen hast: Du bist noch da.«

Dann wird sie von einem Jungen angesprochen, der auch vorher schon im Film vorkam. Als Zuschauer weiß man, dass er von Anfang an ein Auge auf Adèle geworfen hat. Er spricht sie an, doch ein Freund tippt ihm auf die Schulter. Adèle macht sich aus dem Staub. In einem der nächsten Shots sieht man, wie der Junge Adèle sucht, aber sie hat die Ausstellung längst verlassen. Sie geht um die Ecke und zündet sich eine Zigarette an. Dann folgt der Abspann.

Na ja, das sagt euch jetzt vielleicht nicht viel, aber wenn ihr die drei Stunden davor gesehen habt, müsst ihr wahrscheinlich genauso doll heulen wie ich. Das hier ist der schönste Satz aus *Blau ist eine warme Farbe*: »Ich liebe dich nicht mehr, aber ich empfinde unendliche Zärtlichkeit für dich, und das wird auch immer so bleiben, mein Leben lang.« Echt ein wunderschöner Satz. Nachdem ich das Kino verlassen hatte, habe ich ihn sofort in einem Brief an Lusche D. verwendet. Ich schrieb: »Ich liebe dich vermutlich immer noch, aber vor allem empfinde ich eine unendliche Zärtlichkeit.«

Lusche D. antwortete, er sei von meinem Schreiben beeindruckt gewesen, äußerte sich aber nicht weiter zu der Zärtlichkeit. Vielleicht war das der Moment, in dem ich beschloss, eine furchtbar gute Schriftstellerin zu werden und die Zärtlichkeit einfach Zärtlichkeit sein zu lassen.

Ich glaube, ich habe *Blau ist eine warme Farbe* ungefähr einunddreißigmal gesehen. Es kommen darin sehr lange Sexszenen vor, und beim ersten Mal habe ich davon wenig bis nichts mitbekommen. Ich setze mich im

Kino immer in die zweite Reihe, weil da sonst niemand sitzt und ich so viel Fratzen schneiden kann, wie ich will. Aber ausgerechnet an dem Nachmittag saß ein Mann neben mir, der bei allen Sexszenen auf seine Füße starrte. Ich bin ziemlich umgebungsempfindlich, also tat ich es ihm jedes Mal gleich. Meine eigenen Füße kenne ich allerdings *in- und auswendig*, deshalb starrte ich mit ihm auf seine.

So kam es, dass ich, nachdem ich zum ersten Mal *Blau ist eine warme Farbe* gesehen hatte, immer noch nichts über lesbischen Sex wusste, dafür aber alles über ein Paar Füße, das mich im Grunde kaltließ. Jetzt muss ich euch allerdings etwas sehr Wichtiges erzählen: Auch wenn ich während der Sexszenen *nicht* die Füße meines Sitznachbarn studiert hätte, ist es äußerst fraglich, ob ich jetzt wirklich mehr über lesbischen Sex wüsste. Ich kenne *kein* lesbisches Paar, das es so macht.

Adèle und Emma, ihre große Liebe, lecken einander erstens ununterbrochen. Ich tue das nicht: Ich lecke Menschen *manchmal*. Außerdem folgt ihr Sex einer Art Symmetrie – als müssten sie einander exakt auf dieselbe Weise lieben, nur weil sie unter biologischen Gesichtspunkten zur selben Gruppe gehören. Das ist Unsinn, versteht ihr?

Und wenn man einander auf weniger symmetrische Weise liebt, passiert das nicht, weil die eine das *Männchen* ist und die andere das *Weibchen*. Es liegt dann einfach daran, dass die eine Marissa heißt und die andere Lisan. Darum. Ich muss allerdings dazusagen, dass ich im Bett *echt* das Männchen bin und die andere ausnahmslos das Weibchen – aber das gilt eben nicht für *alle*. Fucking Heteros! *Gotta teach them everything!*

Es gab jedoch eine Zeit, in der auch ich von Sex sehr wenig verstand. Nachdem Jennifer mich auf die Straße gesetzt hatte, irrte ich da so ein bisschen rum. Ich dachte an Jasper Krabbé und Amélie und fragte mich, welche Serie sie wohl gerade guckte. Aber vor allem dachte ich an den Sex, den ich mit Jennifer gehabt hatte, und warum ich mich nie hatte entspannen können, wenn sie sagte: »Entspann dich mal.«

Ich habe daraus allerlei Schlüsse gezogen, und der entscheidende lautete: dass ich im Bett nicht gut genug war und dass ich es werden musste. Gut. Genauer gesagt: *überragend* – das wollte ich werden. Wer irgendworin überragend werden will, braucht eine Lehrerin. Und als ich so darüber nachdachte, wurde mir klar, dass sie schon immer da gewesen war: Roos.

Roos war die Kapitänin meiner Fußballmannschaft und eine geborene Anführerin. Sie sagte immer: »Lakmaker, du darfst das nicht zu *verkopft* angehen.« Doch eigentlich verstand sie meinen Kopf sehr gut. Das sind die besten Menschen: die verstehen, was in deinem Kopf vorgeht, dir aber auch sagen können, wann du ihn kurz abschalten musst. Jedes Mal, wenn ich mich in einem Spiel fehl am Platz fühlte oder nach einem Training den Kopf hängen ließ, sprach sie mich darauf an und sagte: »Schätzchen, jetzt mal *real talk*.« Das liebe ich: Menschen, mit denen man einfach *real talken* kann.

Roos hatte einen goldenen Zahn und einen wahnsinnig dicken Hintern. Diesen Hintern setzte sie immer dann ein, wenn wir einander beim Training decken sollten. Wenn deine Gegnerin so einen dicken Hintern hat wie Roos, kommst du einfach nie mehr an den Ball. Irgendwann fiel mir dann auf: Sie zog immer an meinem Shirt. Nicht nur beim Zweikampf, sondern auch, wenn der Ball auf der anderen Seite des Spielfelds war. Und, na ja, das machte mich halt *furchtbar* geil.

Ich werde hier kein einziges Stereotyp über Frauenfußball entkräften, außer das hartnäckigste: dass sie es nicht können. Frauen können furchtbar gut Fußball spielen. Aber abgesehen davon: Alle sind lesbisch, auch wenn sie behaupten, sie seien es nur *vorübergehend*, alle spucken auf den Boden, manche *rotzen* sogar auf den Boden. Eklig, ne? Fast so eklig wie Vorurteile.

Viele Mädels in unserer Mannschaft waren vorübergehend lesbisch. Sie hatten also eine Freundin, sagten aber: »Ich steh nur auf *sie* – und auf Männer.« Mich machte das unglaublich traurig. Menschen, die lieber tot umfallen, als einfach auf Frauen zu stehen. Wir hatten zwei Mädels im Team, die große Angst hatten, lesbisch zu werden, und deshalb nur noch zusammen rumhingen. Na, ihr könnt es euch denken: Sie fingen eine leidenschaftliche Beziehung an.

Aus irgendeinem Grund warf eine der beiden uns das immer wieder vor. »Scheiße, das geht hier ja zu wie in einer Show von Henny Huisman«, sagte das Mädel. Ich habe nie so ganz verstanden, was Henny Huisman damit zu tun hatte, aber was sie eigentlich meinte, war: Du gehst hier völlig anders wieder raus, als du reingekommen bist. Und das stimmte.

Die grauen Fliesen in den Umkleiden des SC Buitenveldert waren für Lesben eine Art heiliger Boden. Später habe ich da auf dem Klo ab und zu Sex mit Roos gehabt. Eigentlich wollten wir in die Umkleide 17, denn das war die Umkleide der ersten Mannschaft, und die wurde von der ING gesponsert. Alles dort war orange, und es war die einzige Umkleide von Buitenveldert, die nicht nach Fußpilz stank. Aber da *lagen* schon Menschen, versteht ihr? Wenn die ING das wüsste! Die finanzieren nicht nur Waffenhandel in Kriegsgebieten, sondern auch Sex zwischen Frauen.

Der Einzige, der von alledem wusste, war Fred, unser Physiotherapeut. Er behandelte sowohl die Spielerinnen der ersten als auch der zweiten Mannschaft und massierte uns so wahnsinnig langsam, dass sich ihm am Ende jede anvertraute. Er stellte nie Fragen, er nickte bloß. Fred war die eigentliche Vertrauensperson der Auswahlteams. Wir hatten auch eine offizielle, Gerrie, aber um den machten wir alle einen großen Bogen. Er wollte nämlich ständig in die *Tiefe* gehen.

Ich war, glaube ich, die einzige Spielerin des SC Buitenveldert, die das auch wollte. Das Problem von mir und Gerrie war nur, dass wir aus der Tiefe nicht mehr wirklich an die Oberfläche kamen. In solchen Momenten sahen wir einander lange an, und dann meinte er: »Fietje, du solltest echt weniger *nachdenken*.« Kleiner Tipp für Vertrauenspersonen: Versucht, auf die Gedanken der Leute einzugehen, und sagt erst *danach*, dass sie den Mund halten sollen. Wenn ihr den Leuten bloß sagen wollt, dass sie den Mund halten sollen, könnt ihr gleich Coach werden.

Gerrie wurde schließlich entlassen, weil wir einstimmig entschieden hatten, dass er uns nicht weiterhelfen konnte. In seiner Abschiedsrede verwies er noch auf das Trainingsspiel gegen Ajax in der Woche drauf. Er sagte: »Mädels, so was erlebt ihr nur einmal.« Aussagen dieser Art machen mich echt so müde. Ich kann es nicht leiden, wenn mir jemand sagt, dass ich irgendetwas nur einmal erleben werde. Außerdem bestritten wir relativ regelmäßig Trainingsspiele gegen Profivereine. Wir *erlebten* es also mehr als einmal, versteht ihr? Aber Gerrie war immer darauf bedacht, den Dingen Gewicht zu verleihen. Deshalb wollten auch alle, dass er ging. Gerrie war so was wie ein Wagner, den man auf Radio Decibel spielt. Es *passte* einfach nicht.

Bei seiner Rede saß ich neben Roos, und während wir alle zu Gerrie schauten, fing sie an, langsam in meinen Oberschenkel zu kneifen. Nicht fest, sondern mit Gefühl. Das erregte mich wahnsinnig, sodass ich nach Gerries Rede sagte: »Im Moment läuft ein ungarischer Film, den ich gerne sehen würde.« Was ich eigentlich sagen wollte, war: »Ficken?« Aber das traute ich mich nicht. Echt jetzt: So was traue ich mich einfach nicht.

Eine Woche später verabredeten wir uns im *Eye*. Wir waren eh schon spät dran und wurden am Eingang des Saals aufgehalten, weil die Kartenabreißerin mir nicht glauben wollte, dass ich sechzehn bin. Sie sagte: »Junger Herr, dieser Film ist für Leute ab sechzehn.« Echt sehr seltsam. Nicht, dass sie mir nicht glaubte, dass ich sechzehn war, denn das tun Menschen selten, sondern dass sie »junger Herr« sagte. Das sagt doch wohl niemand mehr. Die Leute sagen einfach »junger Mann« oder »Alter«.

Ich zeigte ihr meine Abokarte, auf der mein Geburtsdatum stand, aber das überzeugte sie nicht. Erst, als ich meinen Ausweis zückte, nickte sie mit gerunzelter Stirn. Menschen nicken immer mit gerunzelter Stirn, wenn sie meinen Ausweis sehen. Das kommt daher, dass sie denken, ich sei ein fünfzehnjähriger Junge, und dann stellt sich raus, ich bin eine Frau Mitte zwanzig. Manchmal denken sie, dass ich meinen Ausweis gefälscht habe, und meinen: »Das ist ein sehr schöner Ausweis, mein Junge.« Ich habe schon ein paarmal darüber nachgedacht, meinen Ausweis *echt* fälschen zu lassen: »Jozias Lakmaker, geboren in Amsterdam am 29. April 2005.« Bier ist dann zwar nicht mehr drin, aber so wäre ich endlich wieder normal. Es gibt Tage, an denen mir das wertvoller erscheint als Bier.

Im Nachhinein war ich tatsächlich zu jung für den Film, und dasselbe galt vielleicht für Roos. *Son of Saul* spielt 1944 und folgt einem Mann, der dem Sonderkommando in Auschwitz angehört. Kleiner Tipp fürs erste Date: Geht nicht in einen Film über ein Sonderkommando. Macht auch sonst nichts, was mit einem Sonderkommando zu tun hat. Vergesst Sonderkommandos einfach für ein erstes Date.

De Volkskrant nannte *Son of Saul* eine Rekonstruktion der Hölle, und das war der Film tatsächlich. Als Roos mich nachher fragte, was ich trinken wolle, sagte ich: »Nichts.« So ging es mir auch, nachdem ich *Ist das ein Mensch?* von Primo Levi gelesen hatte. Ich wollte damals nichts mehr essen. »Der Tod beginnt bei den Schuhen«, schrieb er über die alles entscheidende Wahl der Schuhe in Auschwitz. Wer Schuhe in der falschen Größe bekam, starb später oft an den Folgen. Einen ganzen Winter lang bin ich zu Hause barfuß rumgelaufen, um die Kälte, die die Häftlinge spürten, ein ganz klein wenig zu begreifen.

Total seltsam, natürlich, aber ich habe damit erst aufgehört, als meine Mutter es verstand. Sie fragte: »Bist du jetzt völlig verrückt geworden?« Meine Mutter hat mich nach ihrer Großmutter benannt, die an ihrem Geburtstag in Auschwitz vergast wurde. Das scheint mir im Grunde ein schöner Ausgangspunkt, um vollkommen verrückt zu werden.

Roos wohnte am Mercatorplein, und als wir die Wohnung betraten, stellte sich raus, dass sie keine Möbel hatte. »Du hast das hier echt schön eingerichtet«, sagte ich. Aber da küsste sie mich schon. Ich wollte das Eis brechen, doch für Roos gab es so was wie Eis gar nicht. Sie sagte: »Fick mich, bevor mein Mitbewohner nach Hause kommt.« Was bei mir eine gewisse Anspannung auslöste. Und wisst ihr, was der Witz war? Der Mitbewohner *kam* überhaupt nie nach Hause. Also echt nie. Später bin ich diesem Phänomen noch öfter begegnet: Mitbewohner, die nicht zu Hause sind. Wo *sind* diese Menschen, in Gottes Namen?

In Roos' Wohnzimmer stand nur ein Sofa. Da schubste sie mich drauf und sprang dann schnell aus ihren Klamotten. Ab und zu reden Leute über Sex und sagen: »Es ist einfach passiert.« So erlebe ich das auch. Nur erlebe ich es ein bisschen so, als sei es *Son of Saul*, versteht ihr? Ich denke einfach: Scheiße, was *geht* denn hier *ab*? Und das Nette an *Son of Saul* ist, dass man sich einfach zurücklehnen und zugucken kann. Beim Sex reicht das aber nicht. Sie wollen immer, dass du *mitmachst*. Das finde ich echt furchtbar: beim Sex mitmachen.

Als ich auf der Couch saß, drückte sie mir ihre Brüste ins Gesicht. Das fand ich noch angenehm. Roos hat einfach unglaublich große Brüste. Aber ich wollte da gar nicht mehr rauskommen. Ich dachte: Bis nachher dann, wir sprechen uns später. So leicht kommt man bei Sex allerdings nicht davon. Sie nahm ihre Brüste wieder aus meinem Gesicht und fragte: »Was gefällt *dir* denn?«

Von allen Fragen auf der Welt finde ich diese, glaube ich, am schlimmsten. Die ehrlichste Antwort wäre wahrscheinlich gewesen: »Wenn du, verdammt noch mal, deine Finger bei dir behältst.« Aber so was kann man halt nicht sagen. Das ist ein bisschen so, als fragte man während eines Fußballspiels: »Kann der Ball hier vielleicht weg?« Das geht einfach nicht. Probiert's ruhig mal.

Euch gegenüber traue ich mich, solche Dinge zu sagen, aber ihr: bloß nicht. Ich drückte mich ein bisschen vor der Antwort und fing dann an, sie zu lecken. Eigentlich ist mir beim Sex alles ziemlich egal, solange *ich* nicht da bin. Deshalb suchte ich mir direkt einen neuen Ort zum Verschwinden. Und ich weiß, es klingt etwas angeberisch, aber ich habe sie zum Orgasmus gebracht. Und ein paar Stunden später *noch mal*. Bei so was muss ich manchmal ein bisschen grinsen.

Nachdem sie zum zweiten Mal gekommen war, fing

ich an, sie zu küssen. Das find ich eigentlich einen passenden Abschluss: Küssen. Roos sah mich fragend an und sagte: »Was *machst* du denn da?« »Ich küsse dich«, antwortete ich. Da wandte sie sich von mir ab. Sie setzte sich auf und sah mich durchdringend an: »Denkst du, das hier ist *Blau ist eine warme Farbe*?« Mein Gott, diese lesbische Welt! Sie wissen echt, welchen Film sie ins Spiel bringen müssen, um einem etwas klarzumachen.

Mir war dann eigentlich zum Heulen zumute, aber ich hab's runtergeschluckt. Manchmal kann man Tränen einfach runterschlucken. Man muss nur ganz schnell an was anderes denken, die Orangetöne der Umkleide 17 zum Beispiel, dann klappt das. Ich bin darin immer besser geworden. Aber das war überhaupt nicht, was ich von Roos lernen wollte, versteht ihr? Manchmal lernt man von Leuten echt die falschen Dinge.

Fick mich, Lakkie

Wer wissen will, wie Roos und ich in echt aussehen: Wir sind beide in einer Folge von *De Hokjesman*. Sie heißt »De lesbiennes«, und es geht darin um Lesben. Roos trägt eine sehr große Sonnenbrille, und ich habe ein Hütchen auf.

Kurz nach der Ausstrahlung drehte die lesbische Community durch. Alle fragten sich – und ich sage das jetzt mit ihren Worten –, wer denn das Chick mit dem Hütchen sei. Ich glaube, es lag daran, dass ich oft in komplexen Sätzen sprach. Das sind die Menschen nicht gewohnt, im Fernsehen. Gleich nach der Aufnahme kam der Regisseur zu mir und meinte: »Wie erfrischend, dass du in komplexen Sätzen sprichst.« Komplexe Sätze sind meine Spezialität, und wenn sie meinen Mund verlassen, habe ich am liebsten ein Hütchen auf dem Kopf.

Weil sich alle fragten, wer ich sei, landeten sie bei Saskia Ketting. Saskia Ketting ist das Epizentrum der lesbischen Community. Was der Bahnhof von Utrecht für das niederländische Schienennetz, ist Saskia Ketting für homosexuelle Frauen in Amsterdam. Ich kenne Saskia Ket-

68

ting ziemlich gut – sier[*] gehört zu meinem *Inner circle*. Aber wenn man's genau nimmt, will das nicht viel heißen: Saskia Ketting ist der personifizierte *Inner circle*.

Eine Frau meldete sich bei Saskia Ketting besonders schnell. Sie wollte unbedingt wissen, wo ich lebe, und das bitte sofort. Ob ihr's glaubt oder nicht, Saskia Ketting hat mich damals in die Falle gelockt. Eine wunderbare Falle zwar, aber eben doch eine Falle. Sier fragte mich nämlich, ob ich siem den Akka 3000 beibringen könne. Das ist ein sehr komplizierter Fußballtrick – von euch beherrscht den vermutlich niemand. Ich beherrsche ihn, und wenn mich jemand um eine kleine Lektion bittet, nehme ich diesen Wunsch besonders ernst.

Wir verabredeten uns im Westerpark, wo ich Saskia Ketting in Ruhe erklärte, wie dieser Trick funktioniert. Der Akka 3000 besteht aus ungefähr sieben Schritten, eine längere theoretische Einführung ist also unerlässlich. Aber als ich den Ball dann konzentriert hochlupfte, fing Saskia Ketting plötzlich an zu grinsen. Ich drehte mich um, und da sah ich sie: eine Frau auf einem Fahrrad, die rosa High Heels trug und eine Hose, bei der ein Hosenbein durchsichtig war. Könnt ihr euch das vorstellen? Eins ihrer Hosenbeine war durchsichtig. »Ich komme deinetwegen«, rief sie und radelte über den Rasen auf uns zu.

Es dauerte einen Moment, bis ich verstand, dass keine der Anwesenden daran interessiert war, den Akka 3000

---

[*] Saskia Ketting ist nichtbinär, und alle, die das lächerlich finden, machen sich selbst lächerlich.

zu lernen. Dabei ist das so ein besonderer Trick. Saskia Ketting gab relativ schnell vor, irgendwo hinzumüssen, sodass ich allein mit der Frau mit den rosa High Heels zurückblieb. Kyra hieß sie. Ich hatte wieder das Hütchen auf und sagte: »Du interessierst dich wahrscheinlich für meine komplexen Sätze?« »Nicht wirklich«, entgegnete sie.

In der Folge feuerte ich einen Witz nach dem anderen auf sie ab, denn das mache ich nun mal in solchen Situationen, aber auch das beeindruckte sie nicht. Sie sagte: »Wenn ich dich beschreiben müsste, wäre Humor nicht wirklich das Erste, was mir einfallen würde.« Von solchen Bemerkungen bekomme ich echt einen Kloß im Hals. Deshalb reagierte ich ein bisschen abweisend: »Warum ist dein linkes Hosenbein durchsichtig?«

»Das geht dich nichts an«, antwortete sie. Und fügte hinzu, dass dieses eine Hosenbein wahrscheinlich mehr gekostet habe, als ich in einem Monat an Miete zahlte. Sie erzählte, wie sie in Brasilien gewesen sei und dort am letzten Tag habe wählen müssen zwischen einem Nachmittag Jetski und dieser Hose. Letzten Endes wählte sie beides, weil sie dachte: *Fuck it*, scheiß drauf. Kyra dachte sehr oft: *Fuck it*, scheiß drauf. Eigentlich bei fast allem. Das ist auch, was mir an ihr so gut gefiel. Und das linke Hosenbein, natürlich.

Es lief alles etwas wirr ab zwischen Kyra und mir. Die ersten fünf Male, die ich bei ihr übernachtete, schliefen wir jeweils in einem anderen Haus. Anscheinend sagte ihr Steuerberater ständig: »Kyra, du musst kaufen.« Aber sie hatte überhaupt keinen festen Wohnsitz, und so murmelte ich ab und zu: »Kyra, fang doch einfach mit Mieten an.« Vielleicht fand sie Mieten spießig. Kyra hatte eine Mordsangst davor, spießig zu sein. Wenn ihr es unbedingt wissen wollt: Diese Angst selbst fand ich eigentlich ein bisschen spießig. Aber ich komme eben auch aus einer teilweise jüdischen Familie, die im Herzen von Oud-Zuid wohnt. Nach dem Holocaust hat man wirklich andere Sorgen als die Frage, ob Mieten spießig ist. Erst recht, wenn man eine Eigentumswohnung um die Ecke vom Concertgebouw besitzt.

In der fünften Nacht erzählte ich ihr, dass ich gerade ein Mädchen datete, das auf dem Cover der griechischen *Vogue* war. Die griechische *Vogue* ist nicht die amerikanische und auch nicht die niederländische, aber mich beeindruckte das trotzdem ziemlich. Kyra sagte daraufhin, dass ich aufstehen und meine Sachen packen solle. »Ich habe nicht vor, deine *Side bitch* zu sein«, meinte sie, und das konnte ich ihr nicht verübeln.

Eine Woche später sah ich sie auf einer Party im *NYX*. Ich stand da schon den halben Abend und unterhielt mich mit einem Mädchen, das glaubte, mich aus dem Fernsehen zu kennen. Ich dachte natürlich, sie hätte mich bei *De Hokjesman* gesehen und würde gleich fragen, wo mein Hütchen sei. Aber das fragte sie überhaupt nicht. Sie fiel mir um den Hals und flüsterte, dass sie so gerührt gewesen sei bei der Szene mit meinen Eltern. »Was haben meine Eltern denn gesagt?«, erkundigte ich mich. »Dass sie dich so akzeptieren, wie du bist«, sagte sie lächelnd.

Nach einer Weile stellte sich heraus, dass sie eine

Reality-TV-Show über Transgenders gesehen hatte. Mir wurde nicht ganz klar, ob sie jetzt dachte, ich sei seit Kurzem ein Er oder eine Sie. Eigentlich hätte mich ihre Antwort wirklich interessiert. Aber dazu kamen wir nicht, denn mein Blick fiel auf Kyra in der Mitte des Raumes. Als ich sie ansprach, sagte sie: »Hi, Lak.« Kyra hat mich nie Sofie genannt – immer nur Lak, Lakkie oder Lakmaker, abhängig von der Wetterlage in unserer Beziehung, und die änderte sich viertelstündlich.

»Lak« ließ nichts Gutes erahnen. Sie fragte: »Wie geht's mit *Vogue*?« Ich beeilte mich zu sagen, dass *Vogue* keinen Humor habe. *Vogue* hatte tatsächlich kaum Humor. Wir hatten in Wahrheit nur ein Date, bei dem sie ständig wiederholte, wie schlimm sie den Genozid an den Armeniern finde. Das fand ich natürlich auch, aber bei einem ersten Date schien mir das als Ausgangspunkt doch ein wenig kompliziert. Eigentlich sagte sie ständig Dinge, zu denen man nur nicken konnte, wie: »All meine Freunde sind superliebe Menschen.« Oder: »Ich höre gern Radiohead.«

Ich antwortete, dass ich nicht so richtig viele Freunde hätte und darum am liebsten Lil' Kleine höre, weil der sang: »Scheiß auf alle, solange du dir selbst vertrauen kannst.« Natürlich nicht die fantastischste Visitenkarte, ich weiß, aber vielleicht war es zumindest ein *Aufreger*. Wenig Aufregung bei *Vogue*.

Genug Aufregung dagegen mit Kyra. Immer nur Aufregung, ehrlich gesagt. Im *NYX* erzählte sie mir, dass ich meine Ajax-Brotdose bei ihr liegen gelassen hätte. Echt ziemlich albern, aber ich benutze immer noch Brotdosen. Sie meinte, ich könne sie abends bei ihr abholen, danach wolle sie mich nicht mehr sehen. Das ist das Lustige an Kyra. Wenn sie sagt, dass sie einen nicht mehr sehen will, heißt das eigentlich, dass man willkommen ist. Erst wenn sie behauptet, dass man willkommen ist, muss man sich Sorgen machen.

Beim Frühstück meinte ich, dass sie jetzt mal zu mir kommen solle, weil meine Wohnung ja so irre geschmackvoll eingerichtet sei. Das hätte ich nicht sagen sollen. Nein, wirklich: Das hätte ich auf gar keinen Fall sagen sollen. Als wir dann zum ersten Mal bei mir waren, hat sie zwei Drittel meiner Möbel auf die Straße gestellt. Bevor ich es vergesse: Kyra arbeitete beim Film als Artdirectorin. Sie hatte einen wahnsinnig guten Geschmack – das will ich gar nicht leugnen. Aber nach jenem Nachmittag war meine Wohnung so gut wie leer, und noch in derselben Woche war wieder Schluss mit uns, wodurch wir keine neuen Möbel aussuchen gehen konnten.

Es war wirklich eine furchtbare Zeit. Eigentlich hatte ich nur noch ein Bett und eine Arbeitsplatte. Wenn die durchs Treppenhaus gepasst hätten, hätte Kyra sie wahrscheinlich auch zum Sperrmüll gestellt. So was bringt einen völlig durcheinander: Man hängt schließlich an seinen Sachen. Vielleicht ist das die wichtigste Lektion, die ich von Kyra gelernt habe: Hänge nie dein Herz an etwas, denn es kann im null Komma nichts auf dem Sperrmüll landen.

An einem regnerischen Tag hörte ich ein Hupen vor meiner Tür. Es war Kyra mit zwei Nachrichten: Wir seien wieder zusammen, und sie habe für mich entsetzlich viele neue Sachen aus einem Lager abgeholt. Seitdem sieht meine Wohnung wunderbar aus. Ab und zu warne ich die Leute immer noch vor: »Achtung, meine Wohnung hat Kyra, die Artdirectorin, eingerichtet.« Dann fällt niemandem auch nur im Traum ein, meine Sachen wieder auf die Straße zu stellen.

Kyra hatte ein recht hohes, aber furchtbar schwankendes Gehalt. Das Filmgeschäft: *Oh boy.* Das ist ein merkwürdiger Menschenschlag. Alle sprechen gewichtig über Kunst und gucken dabei, als würden sie jeden Moment wegrationalisiert. Dabei *werden* sie überhaupt nicht wegrationalisiert: Sie verdienen einen Arsch voll Geld. Meiner Meinung nach denken Menschen vom Film, dass man erst ein echter Künstler ist, wenn einen ein Staatssekretär gefickt hat.

Gefickt werden hat auch einen künstlerischen Aspekt, das gebe ich zu. Aber Menschen in der Filmbranche ficken einander überwiegend *gegenseitig*. Jede telefoniert da konstant mit jedem, und man versucht, sich zu Kooperationen zu bewegen. Genau das machen diese Menschen den lieben langen Tag: Caffè Latte trinken und sich über Kooperationen freuen. Die restliche Zeit machen sie Werbespots für die ING.

Kyra hat mal bei mir um die Ecke einen Werbespot für die ING gedreht. Irgendwann im Laufe des Nachmittags stand sie plötzlich vor meiner Tür, weil ihr Lauch auseinanderfiel. Sie hatte nämlich eine Lauchstange von über zwei Metern gebastelt, die auf dem Dach eines Autos festgebunden werden sollte. Um sie zu stabilisieren, haben wir dann meinen Wischmopp hineingesteckt, und aus Neugier bin ich kurz mit zum Set gelaufen. Wisst ihr, wofür der Lauch da war? Für nichts. »Sieht doch super aus«, sagte der Regisseur. So was macht mich echt wahnsinnig: *unnütze* Elemente. Der ganze Spot bestand daraus, dass das Auto wegfährt und ein irre gut aussehender Mann ihm vorher noch einen Klaps auf die Motorhaube gibt. Das war's. Mit solchen Plots arbeiten die Leute im kommerziellen Filmgeschäft. Den Rest der Zeit trinken sie Caffè Latte.

Aber ich kann nicht klagen: Ich habe zur Genüge von Kyras Film- und Werbegehältern profitiert. Wir sind so oft essen gegangen, dass ich nun alle Speisekarten in der Amsterdamer Innenstadt auswendig kenne. Jedes Mal, wenn wir uns stritten und wieder zu trennen drohten, sagte Kyra: »*Fuck it*, Lak, lass uns essen gehen.« Und dann nickte ich.

Unsere Streits begannen meist so: Wir gingen die Straße entlang, ich schweigend, weil ich wusste, dass Humor nicht das *Erste* wäre, was Kyra einfallen würde, wenn sie mich beschreiben müsste, Kyra mit immer wütenderem Blick. »Lakmaker, ich steig jetzt ins Taxi«, sagte sie dann plötzlich. Für viele Leute ist das das Ende eines Wortwechsels, aber bei uns bedeutete das, dass ich zuhören sollte. Ich hörte nicht so gut zu, glaube ich. Ich fand es einfach herrlich, bei ihr zu sein, weil Kyra etwas wusste, was ich selten gewusst habe: wo es langgeht.

Kyra wusste *immer*, wo es langgeht, ob sie jetzt in ihrem weißen Lieferwagen saß, der wegen seiner Abgaswerte eigentlich schon lange nicht mehr in der Innenstadt fahren durfte, oder auf schwindelerregenden Absätzen herumlief, auf denen sich der Rest der Bevölkerung die Beine gebrochen hätte. Mein Ziel war nicht ihrs, das war mir klar, aber jede Minute, die ich auf diesem Beifahrersitz sitzen durfte, habe ich genossen. Danach würde ich wieder herumirren, das wusste ich.

Einmal sind wir für schrecklich viel Geld essen gegangen, in einem Restaurant, in dem man nicht mal zwischen verschiedenen Gerichten wählen konnte. Anscheinend ist das der wahre Luxus heutzutage: ein Mangel an Auswahlmöglichkeiten. Man durfte nur wählen, ob man sechs oder sieben Gänge wollte, und ich glaube, wir entschieden uns für sieben. Die Idee bei vielen Gängen ist meiner Meinung nach, dass alle Gerichte sehr leicht sind, damit das Ganze verdaulich bleibt. Ich kann zwar viel Positives über das Essen und die Atmosphäre in dem Laden sagen, aber wirklich nichts dort war verdaulich – echt *gar nichts*.

Unser dritter Gang war eine Taube, die bis zum Anschlag mit Pesto gefüllt war. Der Hauptgang stand uns da noch bevor. Ich habe Kyra vorgeschlagen, ihn für einen guten Zweck zu spenden, aber davon wollte sie nichts wissen. Bei unserem ersten Nachtisch wurde mir etwas schwindelig, und genau in dem Moment kam ein Mann zu uns, der ein paar Tische weiter saß.

Er sagte: »Ich finde euch so ein schönes *Paar*.« Mein Gott, Männer. Nie können sie an ihrem Tisch sitzen bleiben. Wenn sie dich nicht gerade fragen, ob sie *mitmachen* dürfen, schleudern sie dir Beleidigungen an den Kopf.

Und wenn du in einem richtig schicken Restaurant sitzt, kommen sie dir mit solchen Äußerungen. Wenn die Regierung uns wirklich unterstützen wollte, müsste sie diese Nein-danke-Aufkleber an Lesben verteilen. Wobei »Nein, danke« oft auch nicht ausreicht.

Wir gingen essen, weil Kyra einen Spielfilm in der Slowakei drehen würde. Als Kind habe ich mit großer Begeisterung *Bonje in het Bonshotel* von Jacques Vriens gelesen, in dem sich alle Gäste eines Hotels miteinander verkrachen. Na, das hätte genauso gut von Kyra und ihren Filmkollegen handeln können. *Alle* stritten sich in diesem Sternehotel in Bratislava. Und zwar vor allem über das Budget. Darum kümmerte sich eine gewisse Hanneke, die aber nie in Bratislava ankam: Sie blieb mit Tinnitus in ihrer Wohnung in der Staatsliedenbuurt hocken. Der Kameramann, der Tontechniker, die Schauspieler – einer nach dem anderen wollte mehr Geld. Und weil sie Hanneke nun mal nicht würgen konnten, gingen sie sich gegenseitig an die Gurgel. Die Filmwelt, ich sag's euch: alle komplett *durchgeknallt*.

Nach einem Monat ließ Kyra mich einfliegen, denn ganz so knapp bemessen war ihr Budget nun auch wieder nicht. Ihr hofft jetzt wahrscheinlich, dass ich euch erzählen kann, wie Filme wirklich gemacht werden. Da muss ich euch enttäuschen. Es klingt vielleicht ein bisschen versaut, aber das *Einzige*, was Kyra und ich in der Slowakei gemacht haben, war ficken.

Ficken, ficken, ficken: Das war's. Sogar gegessen haben wir kaum. Als wir dort das erste Mal miteinander ins Bett gingen, fing Kyra wieder an zu heulen. »Ich fühl's nicht«, sagte sie. Kyras Weinkrämpfe waren ein fester Bestandteil unserer Bettroutine: Manchmal heulte sie, weil sie es nicht fühlte, dann wieder, weil sie *alles* fühlte. Einmal heulte sie, weil sie fand, ich brauchte zu lange, um ihre Klitoris zu finden. Sie sagte: »Lakkie, zwischen dir und der Klitoris ist *einfach nicht alles im Lot*.«

Die Klitoris und ich haben tatsächlich ein eher komplexes Verhältnis. Eine Komplexität, die ich in gewisser Weise nie ganz überwunden habe. Kyra durfte mich nämlich nicht anfassen, jedenfalls nicht *da*. Auch meine Brüste nicht, und gelegentlich sagte sie: »Aber Lak, da steckt doch Gefühl drin.« Gefühl *my ass*. Wisst ihr, was das Problem ist? Sie nahmen es sich immer ganz furchtbar *zu Herzen*, meine Bettgefährtinnen, dabei ging es nie um sie.

Es ging immer nur um mich, und wenn ich ganz ehrlich sein soll, war mir manchmal eher danach, in die Amstel zu springen. Der Amstel bin ich egal, die hat keine Freundinnen, denen sie was weitertratschen kann, keine nächste Partnerin, mit der es viel leichter geht. In der ganzen Zeit habe ich mich eigentlich nur nach der Amstel gesehnt, und das habe ich nie so sagen können. Ich habe es nie so sagen können, denn sonst ist glasklar, was man ist: völlig durchgeknallt.

Bis ich Kyra traf, meine ich, denn die hat damit angefangen: mit dem Reden. Es war, glaube ich, das siebte Haus und das siebte Bett, in dem wir lagen, als sie fragte: »Liebe Lak, irgendwas *ist* doch, oder?« Und das Schreckliche ist natürlich, dass ich damals wieder nicht *Ja* sagte. Wie ich eigentlich nie *Ja* sagte. Ich habe bloß auch nie

Nein gesagt, und das viel, viel zu oft – nie *Nein*. Im Grunde ist Schweigen meine Spezialität, und am liebsten bin ich dabei nackt.

II.
Wie ich immer unrecht behielt

Alle depressiv

Gerade fällt mir auf, dass ich einen beträchtlichen Teil meiner Geschichte ausgelassen habe. Das ist das Problem mit Sex: Wenn man einmal damit anfängt, findet man meist kein Ende. Zu Unrecht, wenn ihr mich fragt. Tatsächlich ist Sex so was wie eine Wasserleitung: Super-ärgerlich, wenn was nicht funktioniert, aber ohne geht es eben auch nicht. Das heißt natürlich nicht, dass sich das ganze Leben um Wasserleitungen dreht. Versteht ihr?

Macht nichts, wenn ihr es nicht versteht. Schließlich hat nicht jeder Philosophie studiert. Ich habe Philosophie studiert, deshalb bin ich durchaus in der Lage, abstrakt zu denken, und sehe den Zusammenhang zwischen Wasserleitungen und Sexualität. Es *gibt* zwar keinen, aber ich sehe ihn trotzdem. So was lernt man im Philosophiestudium, und darum finden die meisten Leute mit einem Abschluss in Philosophie auch keinen Job: Die Welt arbeitet lieber mit Zusammenhängen, auf die sich alle schon längst geeinigt haben.

Wer sich Tag ein, Tag aus mit Zusammenhängen be-schäftigt, auf die sich der Rest der Welt noch nicht geeinigt hat, wird oft sehr einsam – und manchmal ein bisschen verrückt. Das traf auf die meisten in meinem Studiengang zu: Sie waren sehr einsam und manchmal ein bisschen verrückt. Eigentlich waren alle depressiv, und das machte mich wahnsinnig. Alle liefen gebückt herum. Gebückt, mit gesenktem Kopf und blassem Gesicht in Zusammenhänge versunken, die sie noch nicht vollständig ergründet hatten, von denen sie aber dachten: plausibel. Nichts war, wie es war, da bei der Philosophie. Alles war immer *plausibel*.

Eins der ersten Seminare, die ich belegen musste, war Logik. Der Dozent dort sagte mir ständig, ich solle mich für ein Honours-Programm bewerben. Das Honours-Programm ist für Studierende mit Minderwertigkeitskomplex, die meinen, erst Ehrungen erhalten zu können, wenn sie bei etwas mitmachen, in dem das Wort »Honour« vorkommt. Deshalb sagte ich zu ihm, dass das Honours-Programm was für Dullis sei. »Genau genommen können Sie erst beurteilen, ob ein Honours-Programm nur für Dullis ist, wenn Sie selbst daran teilgenommen haben«, antwortete er daraufhin. Solche Gespräche führt man halt Tag ein, Tag aus mit Menschen, die sich mit Logik beschäftigen.

In Logik mussten wir den *Tractatus logico-philosophicus* von Wittgenstein lesen. Niemand stieg da durch, und das fand ich eigentlich ziemlich lustig. Wittgenstein schreibt nämlich schon in seinem Vorwort, dass das Buch für Leute bestimmt sei, die sich solche Gedanken selbst schon *gemacht* hätten. Außerdem sagt er am Schluss, dass alle, die den Inhalt wirklich verstanden hätten, sicher einsähen, dass das Buch eigentlich überflüssig und ziemlich sinnlos sei.

Trotzdem ist das meiner Meinung nach ein sehr schönes Buch. Ich finde, man muss nicht alles an einer Sache verstehen, um sie schön zu finden. Wittgenstein wollte, glaube ich, sehr gerne recht haben, und erst, als er das Recht wirklich *komplett* auf seiner Seite hatte, sah er ein, dass das gar keine so große Rolle spielt. Eigentlich ist es wie mit dem Honours-Programm: Man kann erst einsehen, dass Rechthaben für Dullis ist, wenn man selbst endlich recht hat.

Rechthaben ist auch wirklich für Dullis, und ich finde, sie hätten das beim Tag der offenen Tür ein bisschen deutlicher zum Ausdruck bringen sollen. Vor allem gegenüber den weißen Jungs. Mein Gott, diese weißen Jungs! Die sagten ständig: »*Aber, äääh* ...«, »aber, äääh ...«, »aber, äääh ...«, und hörten gar nicht mehr auf, ich schwör's.

Ein Philosophielesekreis sah wie folgt aus: verschreckt guckende Mädchen, die wie wild mitschrieben und Passagen mit ihren Textmarkern anstrichen – fragt mich nicht, warum, aber Mädchen haben echt *immer* Textmarker dabei –, und Jungs, die gelangweilt vor sich hin starrten, um dann, wenn es ihnen in den Kram passte, die Hand zu heben und »aber, äääh ...« zu sagen. Meist kamen sie nicht viel weiter.

Und daneben gab es natürlich noch mich. Ich war auch furchtbar. Unausstehlich war ich. Wisst ihr, warum? Weil ich immer fand, dass die Leute nicht ordentlich *formulierten*. Dozenten, Studenten – alle. Sobald jemand mal wieder was gesagt hatte, sagte ich *exakt* dasselbe, nur besser formuliert. Glaubt mir, das treibt alle Anwesenden in den Wahnsinn.

Nach dem ersten Jahr durfte ich mir meine Seminare selbst aussuchen und habe mich für kritische Gesellschaftstheorie entschieden. Ich neige nämlich zum Kritisieren und interessiere mich für die Gesellschaft. Schon bald stellte sich heraus, dass es da ausschließlich um Feminismus ging, obendrein um den von der unkompliziertesten Sorte. Unkomplizierter Feminismus klingt ungefähr so: »Weiße, heterosexuelle, überdurchschnittlich gut ausgebildete Frauen dürfen auch was sagen.« Vermutlich wollten sie das Seminar erst *so* nennen, aber dann gab es irgendeinen Ausschuss, der sich nicht einigen konnte, ob das der Wahrheit entsprach.

In Philosophie wurde die Weltgeschichte nämlich auf sechsunddreißig Folien verteilt, von denen auf genau einer Schwarze und Frauen vorkamen. Es war eine sehr unterhaltsame Folie, und ich würde auch auf keiner anderen genannt werden wollen. Eine besonders *wuselige* Folie war das. Und darum klickten die Dozenten wahrscheinlich immer so schnell weiter.

Kritische Gesellschaftstheorie war ein ziemlich merkwürdiges Seminar. Es hatte zum Beispiel kaum Teilnehmer. Wir saßen da zu sechst, und die Einzige, die etwas sagte, war ein Mädchen, die allem ein »Scheiß-« voranstellte. »Scheißungerecht, Alte.« So Sachen sagte sie oft. Manchmal war sie verkatert und weniger gesprächig. »Scheißunrecht«, war ihre Schlussfolgerung an solchen Tagen. Jeder ihrer Kommentare wäre als Titel für unser

Seminar wunderbar geeignet gewesen, wenn ihr mich fragt.

Unsere Dozentin guckte immer ganz erschrocken, wenn das Mädchen wieder mal was sagte. Wahrscheinlich grübelte sie, was Simone de Beauvoir in so einem Moment getan hätte. Unsere Dozentin las seit ungefähr vierzig Jahren wieder und wieder *Das andere Geschlecht* und war deshalb etwas weltfremd geworden. *Das andere Geschlecht* ist ein sehr dickes Buch, in dem steht, dass Frauen auch was sagen dürfen. Ich persönlich brauche dafür keine neunhundert Seiten, aber man muss so ein Buch natürlich *in seinem zeitlichen Kontext* verstehen. Eigentlich soll man in Philosophie alles in seinem zeitlichen Kontext betrachten, und das fand ich auf die Dauer ziemlich ermüdend. Mir hätte gefallen, wenn wir die Dinge mal in *meinem* zeitlichen Kontext betrachtet hätten.

Trotzdem haben mich manche Philosophen schwer beeindruckt. Wisst ihr, von wem ich beeindruckt war? Von Theodor W. Adorno. Theodor W. Adorno hat gesagt, dass wir alle faule Faschisten seien, die lieber mal ein Buch lesen sollten, anstatt ständig ins Kino zu gehen. Und da hatte er einen Punkt. Eigentlich verhält es sich doch so: Wittgenstein gab der Sprache recht, Simone de Beauvoir den Frauen und Adorno dem Leid. Die Wahrheit verbirgt sich im Leiden, und wer seine Augen dafür öffnet, hat eins endlich: recht.

Der Mann, der uns das beibrachte, war sehr groß und kahl, und ich kann es auch nicht ändern: Ich nehme solche Menschen immer sehr ernst. Er ging unablässig im

Raum auf und ab, und weil er so lange Beine hatte, erreichte er nach nur wenigen Schritten die gegenüberliegende Wand. Darunter litt er, glaube ich, denn sein Blick wurde im Laufe der Stunde immer ernster. Wie er *genau* guckte, wusste niemand, denn er scheute jeglichen Blickkontakt. Ich mag diesen Menschenschlag: *unfit for society*. Nur einmal hat er etwas gesagt, bei dem es nicht um Adorno ging, und zwar, kurz bevor er Vater wurde. »Ich erwarte Familienzuwachs«, brummte er da und versank wieder in seinen Gedanken. Ich bin verrückt nach solchen Menschen.

Oft behaupte ich: »Ich habe noch viele Freunde aus dem Philosophiestudium.« Dabei *habe* ich überhaupt keine Freunde aus dem Studium. Die Menschen, denen ich damals begegnete, waren ausnahmslos an der Leidsekade geborene Wichte. Und von allen Wichten, die ich während meines Studiums kennengelernt habe, erzähle ich euch am liebsten von den Brüdern Mütsel. Sie hießen Herman und Lodewijk Mütsel, und eigentlich hießen sie anders, aber ihre juristischen Connections sind weitverzweigt. Ich riskiere ja gerne mal was, aber am liebsten doch nicht alles.

Lodewijk Mütsel hatte seine Zähne zuletzt vor ein paar Jahren geputzt, und Herman Mütsel begrapschte sehr viele Frauen. Der Zusammenhang ist vielleicht nicht sofort ersichtlich, aber es gibt ihn sehr wohl: Alle, die an der Leidsekade geboren sind, denken, dass sie sich ihr Leben lang übelst danebenbenehmen können, ohne dafür zur Rechenschaft gezogen zu werden. Leider stimmt das auch. Denn in diesem Leben steht schon sehr früh fest, wer sauber und wer schmutzig ist.

Auf jeder Party, zu der ich während meines Philosophiestudiums ging, begegnete ich Lodewijk Mütsel. Er ging von Raum zu Raum und lächelte in sich hinein. Seine gelben Zähne standen auffällig weit auseinander, und sein Haar war unglaublich fettig. Eigentlich sah er aus wie ein Waldschrat. Ein schnüffelnder Waldschrat, das war er. Jedes Mal, wenn ich mich mit einem Mädchen unterhielt, und er uns kurz aus den Augen verlor, kam er danach zu mir. Er nahm meine rechte Hand und roch an ihr.

Muschi oder Mandarine hieß sein Spiel. Ich habe nie gesagt, dass ich bei diesem Spiel mitmachen möchte, aber Jungs, die an der Leidsekade geboren sind, halten sich mit anderer Leute Einverständnis im Allgemeinen nicht weiter auf. Er tat also Folgendes: Er *schnüffelte* an meinem Zeige- und Mittelfinger, um dann zu raten, wonach sie rochen. Ekelhaft, ne?

Aber Herman Mütsel war eben noch viel ekelhafter. Er vergriff sich an Mädchen, führte auf diesen Partys jedoch das große Wort zum Thema *Feminismus von heute*. Das checkte niemand. Es war krass verwirrend, und um dieser Verwirrung die Krone aufzusetzen, warf er mit den Begriffen *de jure* und *de facto* um sich. *De jure* bist du ein Monster und *de facto* eigentlich auch, dachte ich dann. Aber das *sagte* ich natürlich nicht laut. Ich habe ihn überhaupt nie auf seine Schandtaten angesprochen. Weil ich aus einem ganz bestimmten Holz geschnitzt bin: Furnier von IKEA – das billigste und feigste.

Herman Mütsel und ich waren übrigens in dasselbe Mädchen verliebt. Er, Berend und ich. Das ist allerdings eine ziemlich langweilige Geschichte. Und eigentlich war es auch ein ziemlich langweiliges Mädchen. Erst war sie mit Herman Mütsel zusammen, dann mit Berend. Mit mir nie. *Ich* war nur gut genug für ihr Gejammer. Mein Gott, was konnte die rumjammern! Ich war so was wie die Klagemauer, und wisst ihr, wie viele Stunden am Tag die geöffnet ist? Vierundzwanzig. Check das ruhig auf Google. Und ja, dieses Mädchen wusste das. Über Herman sagte sie: »Der denkt, die Klitoris ist ein Knopf, aber das *stimmt* einfach nicht.« Und über Berend erzählte sie mir die ganze Zeit seufzend, dass er für sie *eigentlich* nur ihr bester Freund sei. Gott, was war das ein langweiliges und nörgeliges Mädchen!

Sie ist ein einziges Mal bei mir zum Essen gewesen, und da hat sie eine köstliche Schakschuka für mich gekocht. Das kann ich nicht leugnen. Manchmal können furchtbar langweilige Mädchen wirklich sehr leckere Gerichte kochen: Schakschuka, zum Beispiel. Nach dem Essen musste sie aufs Klo, und als sie zurückkam, blieb sie mitten im Zimmer stehen. Sie sagte: »Sofie, ich hoffe, dass das unser Verhältnis nicht verändert.« Wenn Menschen so reden, tun sie *im nächsten Moment* meistens etwas, das das Verhältnis für immer verändert.

»Was meinst du, stehe ich auf Frauen?«, fragte sie. Ich antwortete ihr damals, dass sie sich mit solchen allgemeinen Fragen lieber an eine allgemeine Instanz wenden sollte. Ich sage meistens superstrange Sachen, wenn ich nicht weiß, was ich antworten soll. Danach hat sie

noch eine unglaubliche Anzahl langweiliger Gemein-
plätze rausgehauen, vor allem über ihre Gefühle. Um
ehrlich zu sein, finde ich Menschen und ihre Gefühle
ein bisschen ermüdend. Ob ihr's glaubt oder nicht, solche Gespräche führe ich *jede Woche*.

Immer wenn ich glaube, endlich mal mit meinen Gedanken allein zu sein, kommt ein Mädchen zu mir, das
seine sexuelle Orientierung infrage stellt. Oft fangen sie
so an: »Also, ich hab noch nie *echt* was mit 'nem Mädchen gehabt. Das heißt: Ich hab schon mal besoffen mit
einer Freundin geknutscht, aber …« Wenn Menschen
dir so kommen, habe ich nur einen Tipp: Lauf weg. Einfach weglaufen. Vielleicht laufen sie dir erst noch kurz
hinterher, doch wahrscheinlich begegnen sie bald einer
Freundin, mit der sie besoffen knutschen können.

Eine Woche später hatte ich lauter verpasste Anrufe
auf dem Handy. Wir müssten uns auf einen Kaffee treffen, sagte sie. Ich erinnere mich noch gut daran, denn
ich hatte einen Cappuccino bestellt, und noch bevor
ich mich meinem Schaum widmen konnte, bat sie mich,
alles zu vergessen, was sie an jenem Abend gesagt habe.
Und als ich meinen ersten Schluck Schaum im Mund
hatte, meinte sie: »Ich habe mit Berend darüber gesprochen, und wir konnten eigentlich sogar darüber lachen.«
Könnt ihr euch das vorstellen? Sie konnten eigentlich
sogar darüber lachen, dass sie womöglich auf Frauen
stand. Darum lache ich auch nicht mehr: Meistens geht
das auf anderer Leute Kosten.

Kurz nach diesem Treffen fuhren wir zusammen auf
Studienreise nach Kopenhagen. Wir sollten so ungefähr

vier Stunden vorher am Flughafen sein, und trotzdem hätte es ein Mädchen fast geschafft, den Flug zu verpassen. Auf die Frage, warum sie so spät dran sei, antwortete sie: »Ich hab mein Leben nicht im Griff.« Berend und ich standen daneben, und ihr ahnt es sicher schon: Wir waren sofort verknallt. Berend und ich verliebten uns wirklich *sehr* oft in dieselben Mädchen.

Die Studienreise dauerte acht Tage, und die kompletten acht Tage habe ich so gut wie nicht mit ihr gesprochen. Das schaffte ich in Kopenhagen nämlich nicht mehr: sprechen. Gruppen machen mir ziemlich Angst, und wenn die groß genug wird, bekomme ich so ein Stechen in der Brust. Dann kann ich nicht mehr sprechen. Es ist ehrlich gesagt echt schrecklich.

Außerdem knutschten Berend und das sehr langweilige Mädchen in Kopenhagen so gut wie pausenlos rum. Im Grunde war ich auf dieser Reise ständig umgeben von knutschenden Heteros. Wir schliefen in Stockbetten, und unter mir lag das Mädchen, das immerzu fluchte. Sie fickte genau so, wie sie sich an Diskussionen im Seminar beteiligte: energisch und ohne Finesse. An einem der ersten Abende wollte ich gerade ins Bett klettern, als sie meine Hand packte. Sie fragte: »Willst du mitmachen?« In solchen Situationen ist es wenig hilfreich, wenn man kaum sprechen kann. Zum Glück drehte sich ihr Freund um und sagte: »So hatte ich mir den Dreier nicht vorgestellt.« Manchmal können Heteros echt lustig sein. Was er meinte, war: »Ein bisschen lesbisch ist ja ganz nett, aber die ist doch viel mehr als nur ein bisschen lesbisch.« Und da hatte er natürlich recht.

In der Zimmerecke lag ein weiteres Paar, und das Mädchen hat die gesamte Woche wenig anderes gesagt als »fester«. Echt, man konnte kaum ein Auge zumachen in diesem Zimmer. Einen Jungen gab es da noch, der auch ein bisschen einsam wirkte, und nach der Hälfte der Reise habe ich ihn gefragt, ob er mir ein Paar Socken leihen könne. Vierzehn Jacken, sechs Paar Schuhe und ein, zwei Unterhosen und Socken: So packe ich oft.

Es ist ein bisschen fies, aber ich habe ihm damals die Socken geklaut. Er wollte mir nämlich keine geben, weil er fand, ich könne ja auch welche kaufen. Genau genommen stimmte das, aber in Skandinavien ist ja alles schrecklich teuer. Außerdem hetzten wir von einer Gruppenaktivität zur nächsten, sodass kaum Zeit für andere Dinge blieb. Irgendwann gingen wir zu Kierkegaards Grab, um zu sehen, ob sein Grabstein zittert. Kierkegaard hat nämlich ein sehr berühmtes Buch geschrieben, das *Furcht und Zittern* heißt. Superwitzig fanden die Studenten das.

Die Gruppenaktivitäten wurden für mich langsam, aber sicher zur Hölle, denn der Junge merkte, dass ich seine Socken trug. »Du hast meine Socken an«, sagte er dann. »Quatsch«, antwortete ich. Wahrscheinlich dachte der Rest der Gruppe, wir wären enorm gute Freunde geworden, denn wir führten diesen Dialog ungefähr alle zehn Minuten.

An einem der letzten Tage sprach sie mich an – das Mädchen, das ihr Leben nicht im Griff hatte. Jules hieß sie. Sie hielt sich furchtbar gerade, und später erfuhr ich, dass sie gut zehn Jahre lang Ballett gemacht hatte. Sie war erst achtzehn und ich erst einundzwanzig. Wir fanden das damals beide furchtbar alt. Und sie *war* furchtbar alt. Das ist bei manchen Leuten so mit achtzehn. Im Grunde war Jules das weibliche Pendant von Matthijs de Ligt. Der hält sich auch so gerade.

Wir gingen an jenem Nachmittag an den Strand und spielten Fußball, und das waren die einzigen Minuten, in denen das Stechen in meiner Brust kurz verschwand. Ich vergesse vieles, wenn ich Fußball spiele. Außerdem konnten die Philosophieschlakse das natürlich null, sodass mich alle in ihrer Mannschaft haben wollten. Diese Dullis. Am liebsten hätte ich allein gegen alle anderen gespielt.

Jules war in der gegnerischen Mannschaft und machte genau das, was Roos früher gemacht hatte: an meinem Shirt ziehen, auch wenn der Ball überhaupt nicht in der Nähe war. Es war ein lustiger Anblick, Jules beim Fußball. Vielleicht kann man sie doch nicht in *jeder* Hinsicht mit de Ligt vergleichen. Sie rannte einfach übers Feld, mit ihrem wahnsinnig geraden Rücken, ganz egal, wo der Ball war. Wahrscheinlich wollte sie das Flugzeug kriegen. Da musste ich echt schmunzeln. Ab und zu versuchte ich, einen Zweikampf mit ihr zu bestreiten, aber sie bewegte sich völlig falsch. Nach einer Weile wurde ich sauer und habe sie bös umgerannt. Ich konnte gar nicht schnell genug gucken, da stand Berend schon neben ihr, um ihr *aufzuhelfen*. Ob ihr's glaubt oder nicht, Jungs denken immer, dass man Mädchen *aufhelfen* muss.

Die letzten paar Tage in Kopenhagen habe ich auf dem Klo verbracht. Das Hostel, in dem wir schliefen, hatte ungefähr acht, deshalb fiel nicht so sehr auf, dass eins von ihnen durchgehend besetzt war. In der Zeit, die ich dort verbrachte, hätte ich *Furcht und Zittern* mehrmals lesen können. Aber das ist das Nervige an diesen Ängsten: Ich kann mich dann auch nicht mehr konzentrieren. Darum zockte ich die ganze Zeit auf dem Handy. Meiner Meinung nach habe ich da den Tetris-Weltrekord gebrochen. Ich bin wirklich sehr gut in Tetris. Viele Leute denken, dass man den langen Balken senkrecht einsetzen sollte, aber das stimmt nicht. Wenn man ihn waagrecht ablegt, hat man langfristig mehr davon.

Am letzten Abend bin ich mit den ganzen Dullis in die Kneipe gegangen. In Dänemark zahlt man locker sechs Euro für ein Bier, aber aus irgendeinem Grund war mir das egal. Ich hoffte, wieder sprechen zu können, wenn ich nur genug getrunken hätte. Was für ein legendärer Irrtum. Die Stiche *durchbohrten* mich nach einer Weile. Und als wäre das nicht genug, setzte sich auch noch der vermaledeite Berend neben mich. Er fragte mich, wie ich die Woche *erlebt* hätte. In dem Moment hätte ich echt gerne das fluchende Mädchen in meiner Nähe gehabt, um die richtigen Worte zu finden.

Mir war klar, warum er das tat. Früher in der Grundschule habe ich das auch gemacht. In der Grundschule war ich wahnsinnig beliebt, weil man da noch nach dem beurteilt wird, was man gut kann, in meinem Fall Fußball. Ich verfluche den Tag, an dem sich das geändert hat. Später wird man nämlich nach den lächerlichsten Dingen beurteilt – etwa ob man mitreden kann, wenn es um Sex geht, oder ob man den Gedanken *wirklich* lustig findet, dass Kierkegaards Grab zittern könnte. Ich finde das nicht lustig, kann dir dafür aber Torvorlagen hinter meinem Standbein zupassen. Mir reicht das, auf einer Studienreise mit Philosophen kommt man damit allerdings nicht weit. Das könnt ihr mir glauben.

Berend tat also Folgendes: Er verwickelt jemanden in ein Gespräch, der allein dasitzt und eigentlich auch immer allein dagesessen hat. Und dann fragt er, *wie es einem geht*, einfach nur, weil es ihm selbst so furchtbar gut geht. Na, ich mache ja echt vieles mit, aber solchen Unfug nicht. Ehrlich gesagt war mir danach, ihm zu antworten, dass ich sterben wolle. Weil es ein Körnchen Wahrheit enthalten hätte, und weil ich sehen wollte, wie er aufhört zu lächeln. Berend kannte nämlich nur zwei Arten von Zeitvertreib: mir *meine* Mädchen wegschnappen und lächeln.

Auf dem Rückflug saß ich mit einem fetten Kater im Flugzeug, aber meine Tetris-Leistung litt darunter erstaunlicherweise nicht. So hatte ich wieder ein unglaublich hohes Level erreicht, als sich Jules neben mich setzte. Erst sah sie eine Weile zu, denn egal, wie hübsch ein Mädchen ist, das sich neben einen setzt – die fallenden Blöcke lässt man nicht einfach im Stich. Sie verdienen ungeteilte Aufmerksamkeit, aus dem einfachen Grund, dass sie auch jederzeit für mich da sind, wenn *ich* sie brauche.

Als ich fertig war, haben wir eine Weile ihre Musik gehört. Die sagte mir wenig. Sie hatte *Geschmack*, wisst ihr? Von Geschmack fallen mir manchmal echt die Augen zu. Deshalb fragte ich sie irgendwann, ob es okay sei, wenn wir meinen iPod anmachten. Ich habe ihr dann das komplette Debütalbum von Lil' Kleine vorgespielt. Wenn sie wollen, trage ich gerne zu anderer Leute Bildung bei.

Kurz vor der Landung nahm sie die Kopfhörer aus dem Ohr und sagte: »Ich weiß nicht, ob du jetzt sehr selbstsicher bist oder sehr unsicher.« Jules – nie ein Wort zu viel. Ich antwortete, dass ich mich genauso fühlte wie Lil' Kleine. Da nickte sie. Das war das Schöne an Jules: Sie versteht so was sofort. Und nickt dann einfach.

Ein paar Wochen nach Kopenhagen schmiss ich eine Party, und als Erster stand natürlich Berend vor der Tür. Fragt mich nicht, warum, aber ich lade Leute, die ich nicht ausstehen kann, meist zuerst ein. Er sagte, er habe Ketamin dabei, das sei echt nettes Zeug.

Wenn ich den Erzählungen glauben darf, verbrachte ich die gesamte Party mit gesenktem Kopf auf einem Stuhl in der Mitte des Raumes. Ich meine, mich daran auch noch vage zu erinnern: eine Wohnung, die sich mit lauter Leuten füllte, und jeder klopfte mir kurz auf die Schulter. Scheinbar stört es die Leute nicht weiter, wenn der Gastgeber oder die Gastgeberin da so herumsitzt. Ihretwegen könnte auch eine Leiche mitten im Raum liegen, solange sie nur saufen können.

Eigentlich kehrt meine Erinnerung erst ab dem Moment zurück, an dem Fenna mich schüttelte. »*Alte*«, sagte sie die ganze Zeit. »*Alte*, hier ist ein Chick für dich«, setzte sie nach einer Weile hinzu. Da wachte ich natürlich auf und sah das Gesicht von Jules glasklar vor mir. »Ich glaube, du musst mal an die frische Luft«, sagte sie.

Dann stolperte ich ihr hinterher nach draußen, und als wir auf der Straße standen, zeterte ich sofort los: »Ich habe keine Zeit für Chicks, die so tun, als ob sie auf Chicks stehen, und am Ende einfach auf Berend stehen und die Chicks fallen lassen.« Wenn ich getrunken habe, sage ich echt oft »Chicks«. Es ist ein ziemlich blödes Wort, und trotzdem tue ich das immer wieder. Jules seufzte bloß und sagte: »Meiner Meinung nach ist das eine Fehleinschätzung.« Das gefiel mir so gut an Jules: Wenn sie getrunken hatte, benutzte sie immer so schöne Wörter. Wörter wie »Fehleinschätzung«.

Dann haben wir sicher eine Stunde lang rumgeknutscht. Das sagte ich irgendwann auch: »Ich glaub, das kann hier echt noch endlos so weitergehen.« »Magst du etwa keine unendlichen Geschichten?«, antwortete sie. Dann küsste sie mich weiter.

Gegen vier Uhr gingen wir zurück in meine Wohnung. Außer Berend und den Leuten, denen er Ketamin gegeben hatte, war niemand mehr da. Das Zeug war bestimmt nicht in Ordnung, denn all diesen Leuten ging es nicht besonders. Auf meinem Bett lag ein Riese mit lila Lackschuhen. Im Grunde waren nur die Schuhe zu sehen, denn auf seinem Rücken und seinen Beinen saßen Mädchen und unterhielten sich angeregt.

Das Sensationellste war die Anwesenheit eines Mannes, den ich mit Sicherheit nicht eingeladen, aber schon im *De Trut* gesehen hatte. Er hatte einen starken russischen Akzent und probierte dort ständig, Mädchen abzuschleppen. »Das *De Trut* ist für Homosexuelle, Oleg«, sagte ich gelegentlich zu ihm, aber davon wollte er nichts wissen. »Ich habe keine Homosexuellen«, antwortete er. »Homosexuelle *hat* man nicht, Oleg«, versuchte ich ihm dann zu erklären. Aber auch das wollte er nicht einsehen.

Oleg saß auf dem Stuhl, auf dem ich stundenlang gesessen hatte. Und was tat er da? *Jaulen.* Nicht wie ein Mensch, sondern wie eine Katze. Ein wirklich ohrenbetäubender Lärm: »Miauauauauau, miauauauauau«, schrie er und schlug mit den Händen um sich, als wären es Tatzen. Ein furchtbar dünnes Mädchen, das sonst immer »ich habe kein Kokainproblem« sagte, sah mich und Jules ängstlich an und rief: »Kann dieser Mann weg? Kann dieser Mann *um Gottes willen* weg?«

Ich antwortete, dass Katzen auf meiner Party herzlich willkommen seien und ich, genau genommen, nicht mehr nachvollziehen könne, warum ich überhaupt *Menschen* eingeladen hätte. Da verließ sie fluchtartig meine Wohnung. Ich setzte mich neben Oleg und fing mir hier und da ein paar Kratzer von ihm ein. Das fand ich eigentlich ganz okay. Wenn ich gerade mit einem so tollen Mädchen wie Jules rumgeknutscht habe, kann mich so schnell nichts aus der Ruhe bringen.

Dann aber geschah Folgendes: Aus dem Augenwinkel sah ich, wie Berend sich vorbeugte und fast *in* Jules' Ohr kroch. Das machte mich ganz hibbelig, und so sagte ich den Mädchen neben mir kurzerhand, dass sie es womöglich nicht wüssten, aber dass sie auf jemandes *Rücken* säßen. »Das wissen wir«, gaben sie zurück. »Das ist der liebe Harm.« »Aha«, erwiderte ich. »Sollen wir mal gucken, ob der liebe Harm noch atmet?«

Der liebe Harm hielt normalerweise Vorlesungen über Bertrand Russell, einen Philosophen, der so einschläfernd rüberkommt, dass ich hoffte, das ginge als Todesursache durch. Nachdem wir unseren Dozenten umgedreht hatten, traute sich niemand in die Nähe seines Mundes. Es ist nicht nett, so was zu sagen, aber der liebe Harm sah ohnehin aus wie eine Leiche. Deshalb haben wir ihm am Ende Wasser ins Gesicht geschüttet. Er wachte auf, Gott sei Dank, und bedankte sich ganz herzlich bei mir für die Party. »Gern geschehen«, sagte ich und begleitete ihn zur Tür.

Als Nächstes beschied ich den Mädchen, sie sollten sich verpissen. Komischerweise kümmere ich mich, wenn mich was stört, erst um alle möglichen anderen Sachen und dann um das eigentliche Problem. Wenn überhaupt. Wahrscheinlich, weil ich aus IKEA-Holz geschnitzt bin.

Außer Berend und Jules war nur Oleg übrig. Ein Weilchen habe ich noch vor ihm gestanden und ab und zu Pfötchen gegeben. Aber eigentlich hatte ich die Nase voll. Ich habe ihn gebeten aufzuhören, so zu tun, als sei er eine Katze. Daraufhin miaute er nur *noch* lauter, und ihr könnt euch sicher vorstellen, dass mich da der Mut verließ. Eine Viertelstunde später kam Berend zu mir und sagte: »*Wir* gehen jetzt.« Mein Gott – dieser Typ! Ich hätte ihn erwürgen können.

Später bin ich doch noch mit Jules zusammengekommen, und als ich nach ein paar Monaten Schluss machte und Berend zu Ohren kam, dass Jules wieder auf dem Markt war, servierte er sofort das furchtbar langweilige Mädchen ab. Sie sind, glaube ich, immer noch zusammen. Ich will davon ehrlich gesagt nichts mehr hören. Ich hoffe, es geht ihnen schlecht. Von Jules habe ich mich getrennt, weil ich es nicht ertragen kann, wenn mir jemand zu nahe kommt. Wenn ich jemanden kennenlerne, mit dem ich echt auf einer Wellenlänge bin, ist für mich der Spaß schnell vorbei. Ganz schön blöd.

Jules sagte immer: »Es kommt mir so vor, als sähst du mit einem Auge mich an und mit dem anderen an mir vorbei.« Das war als Kritik gemeint. Doch ich fand mich sehr vernünftig. Im Straßenverkehr wäre es eine Katastrophe gewesen, wenn ich ausschließlich sie angesehen hätte. Ein bisschen verstehe ich Jules natürlich. Menschen sind in der Liebe oft auf der Suche nach Bestätigung, und darin bin ich nicht so gut. Ich gebe gerne mal ein Eis aus und mache ab und zu auch größere Geschenke – aber Bestätigung kriegt man von mir eher nicht.

Für mein Philosophiestudium hatte ich übrigens ebenfalls nur ein Auge übrig. Alle sechs Monate gab es ein Evaluierungsgespräch mit unserem Mentor, und der ermutigte mich jedes Mal dazu, mit der Philosophie auch beruflich weiterzumachen. Na, danke vielmals. Ein bisschen mit weißen Menschen über das *Curriculum* diskutieren. Und dann knallhart wegrationalisiert werden, wenn man nicht wöchentlich ein neues Paper produziert. Wisst ihr, von wie vielen Menschen ein wissenschaftliches Paper durchschnittlich gelesen wird? Null Komma vier. Null Komma vier Menschen – das bedeutet, man hat sich für etwas abgerackert, das dann gerade mal die Unterschenkel irgendeines Menschen zu sehen bekommen. Echt jetzt?

Deshalb zitierte ich den Rapper J. Cole, wann immer mein Mentor etwas in der Art sagte. J. Cole ist ein mindestens so guter Rapper wie Lil' Kleine, und er sagt in einem seiner Lieder: »*I got a date with destiny, I'm running late for that.*« Das sagte ich dem Mann. Dann legte er seinen Kopf auf die Tischplatte und erwiderte: »Ja, Sofie, wir *wissen*, dass du berühmt werden möchtest.« Oft verbesserte ich ihn, indem ich betonte, es gehe mir um Anerkennung – nicht um Ruhm. Das behaupten alle Menschen, die berühmt werden wollen. Gelegentlich fügte ich hinzu: Nur weil *er* kein furchtbar guter Schriftsteller geworden sei, heiße das ja nicht, dass mich dasselbe Schicksal erwarte. Im Grunde war es ein Wunder, dass sich der Mann halbjährlich zu einem Treffen mit mir bereitfand.

Bei meinem letzten Gespräch konnte ich mich kaum auf den Beinen halten, weil ich mir am Abend zuvor Mut hatte antrinken müssen, um Georgina Verbaan zu küssen. Das hat *mehr oder weniger* geklappt. Jetzt wundert ihr euch natürlich, wie man jemanden *mehr oder weniger* küssen kann. Also, das ging so: Ich sah sie im *Paradiso* und fragte sie, ob sie etwas trinken wolle. Oder eigentlich ging es so: Ein Mädchen, das ich von früher kannte, war zu Beginn des Abends zu mir gekommen und hatte mir eröffnet, dass ich mich mit meinen kurzen Haaren und der Jungskleidung entstellte. Sie sagte, ich sei früher hübscher gewesen. Daraufhin brach ich in Tränen aus und wollte alle umbringen. Wenn ich traurig bin, will ich oft alle umbringen.

Das Lustige ist: Dieses Mädchen arbeitete für eine Organisation, die sich für die Rechte der LGBTQIA+-Community einsetzt. Inzwischen frage ich mich, *wie* genau die sich dafür einsetzt und in welcher Abteilung sie wohl arbeitet. »Ausrottung von innen heraus«, wahrscheinlich. Wie dem auch sei, ich bin dann heulend an die Bar gegangen und habe gefragt, ob ich vielleicht *alles* haben dürfte. »Nicht einmal ein Bier«, antwortete der Typ. »Da musst du warten, bis du sechzehn bist, mein Freund.« Das ist mir schon aufgefallen: Männer gehen miteinander oft sehr kumpelhaft um. Ob fünfzehn oder vierunddreißig, du bist immer ihr *Freund*. Deswegen traute ich mich auch nie zu sagen, dass ich eine Frau bin: Dann ist man sofort einen ganzen Freundeskreis los. Und was für einen.

Mein Bruder war an jenem Abend auch da, und der hat einen Bart. Wenn man einen Bart hat, gibt einem jeder alles. Dann kann man nichts mehr falsch machen. Als er mein tränenüberströmtes Gesicht sah, hat er mir einfach sechs Bier bestellt. »Und jetzt verschwinde«, sagte der Typ hinterm Tresen und zwinkerte uns zu. Also echt, Männer: Was haben die einen Spaß zusammen!

Die ersten paar Bier habe ich geext, und mit den letzten beiden bin ich zu Georgina Verbaan hin. Ich glaube, sie erschrak sich zu Tode, als sie mich sah. Meine Augen bleiben sehr lange rot, wenn ich geweint habe. »Bier?«, fragte ich. Woraufhin sie mir das vollste aller je gezapften Biere entgegenhielt. Ich seufzte und sah dann den Mann, mit dem sie sich unterhielt, ein Weilchen feindselig an. Der dachte wahrscheinlich, ich sei ihr verlorener

Sohn, denn er konnte gar nicht schnell genug die Flucht ergreifen.

Womöglich dachte auch Georgina, dass ich ihr Sohn bin. Sie fragte: »Wie alt *bist* du überhaupt?« Und was tat ich? Ich nannte das Geburtsjahr meines Bruders und erklärte ihr, dass *seine* Mutter nicht *meine* Mutter sei, wir aber denselben Vater hätten. Das ist nicht sonderlich kompliziert, aber wenn man schnell spricht, kann man Menschen damit doch durcheinanderbringen. Und wenn Menschen durcheinander sind, interessieren sie sich nicht mehr für dein genaues Alter. Wisst ihr, was das Verrückteste daran ist? Ich war damals Anfang zwanzig. Aber wenn die Leute lange genug denken, dass man fünfzehn ist, glaubt man es irgendwann selbst ein bisschen.

Georgina Verbaan ist wirklich eine irre nette Frau. Was ihr über sie denkt, ist mir ganz egal. Ihr kennt sie ja wahrscheinlich auch gar nicht. Ich hingegen kenne sie: Ich weiß beispielsweise, wo sie einkauft und was sie zum Frühstück isst. Das habe ich sie alles gefragt, und sie hat mir darauf ganz brav geantwortet.

Während ich da stand und mit ihr sprach, liefen die ganze Zeit Jungs mit erhobenem *Daumen* an uns vorbei. So was finde ich entsetzlich ermüdend. Weil ich wollte, dass sie aufhörten, verbeugte ich mich tief. Echt fast bis zum Boden. Das fand Georgina Verbaan wiederum ermüdend und suchte deshalb das Weite. Aber eine halbe Stunde später traf ich sie auf der Tanzfläche wieder, und da fing sie noch mal damit an, wo sie am liebsten einkauft: bei Marqt mit Q. Kleiner Tipp für Leute, die mal mit Georgina Verbaan quatschen wollen: einfach Marqt mit Q erwähnen. Dann hört sie gar nicht mehr auf zu reden.

Irgendwann schloss das *Paradiso*, und ich verlor sie aus den Augen. Ich habe sie dann noch wie eine Besessene gesucht. In solchen Situationen kann ich mich echt ganz schön ins Zeug legen. Außerdem hatte ich mein Glücksshirt von Decathlon an, und da klappen die Dinge schon mal. Seit ich in dem Shirt Jules geküsst habe, ist es mein Glücksshirt. Es ist von Nike, und es steht groß »*Swoosh*« drauf. Niemand weiß, was das bedeutet, außer mir. Es bedeutet: Wenn ich Georgina Verbaan küssen möchte, gelingt mir das.

Weil ich sie drinnen nicht mehr fand, ging ich nach draußen. Es war Anfang November und irre kalt. Zähneklappernd lief ich durch die Menschenmenge und drehte ab und zu eine Frau um, die ihr ähnlich sah. Schließlich fand ich sie: bei den Fahrradständern. Ich sagte zu ihr, dass ich wahrscheinlich eine Lungenentzündung bekäme, wenn ich hier auch nur eine Minute länger stünde. Sie nickte. »Du warst die angenehmste Frau heute Abend«, sagte ich. Und davon war kein Wort gelogen. »Und du die hübscheste«, antwortete sie.

Na, da traute ich mich doch. Ich habe sie auf den Mund geküsst, und sie hat mich zurückgeküsst. Vier großartige Sekunden lang. Ich sagte, ich hätte sie *mehr oder weniger* geküsst, weil viele Menschen bei Küssen oft an einen Zungenkuss denken. Also, ich traue mich ja viel, aber doch nicht alles. Beispielsweise traue ich mich nicht, bei drei Grad über null Georgina Verbaan zu küssen und dabei dann *auch noch* den Mund zu öffnen. Selbst wenn ich mein Decathlon-Shirt anhabe.

Bei meinem Evaluierungsgespräch war ich noch komplett neben der Spur. Von Bierdunst umwabert, setzte ich mich an den Tisch. Falls es euch noch nicht aufgefallen ist: Ab und zu kann ich ein kleiner Macho sein. Machos geben mit den Frauen an, die sie aufgerissen haben, und wenn sie ihrer Eroberungsliste am Vorabend Georgina Verbaan hinzufügen konnten, werden sie dir das mit Sicherheit nicht verschweigen. Deshalb brüllte ich: »Georgina Verbaan, Thomas, Georgina Verbaan!« Der Typ hieß Thomas. An jenem Morgen legte er den Kopf relativ bald auf den Tisch.

Das machte mich ziemlich wütend. Am liebsten hätte ich dasselbe gesagt wie über den Ruhm: »Nur weil du noch nie vier Sekunden lang Georgina Verbaan geküsst hast, heißt das ja nicht, dass …« So ein Dulli. Menschen tun immer so herablassend bei Dingen, die für sie selbst unerreichbar sind. Irgendwann schien ich mich beruhigt zu haben, doch dann ging es von vorne los: »Georgina, Thomas! Georgina! Besser wird's nicht!« Daraufhin sah er mich eindringlich an und meinte: »Glaub mir, Sofie, es *wird* besser.« Völliger Blödsinn, sag ich euch.

Mein schönes Sofiechen

Ob ihr's glaubt oder nicht, ich habe eine Zeit lang mein ganzes Essen wieder ausgekotzt. Unglaublich blöd, ich weiß. Ich rate allen, ihr Essen nach Möglichkeit bei sich zu behalten. Man wird ziemlich unheimlich, wenn man sein Essen lange genug auskotzt. Jedes Mal, wenn ich das tat, setzten sich zwei Katzen neben mich ans Klo. Deshalb habe ich damit schließlich aufgehört. Manchmal ist einem das eigene Leben ziemlich egal, und dann ist es hilfreich, wenn es da ein *anderes* Wesen gibt, dessen Leben einem nicht egal ist. Dann reißt man sich wohl oder übel zusammen.

In meinem Fall waren das eben diese Katzen. Sie haben mir gewissermaßen das Leben gerettet. Wisst ihr, woran das lag? Ich wollte ihnen ein gutes Vorbild sein. Ich wollte den Katzen zeigen, dass es ganz gleich ist, was andere über einen sagen, sei es über das Fell oder die Figur. Diese Leute können einem am Arsch vorbeigehen – das wollte ich den Katzen beibringen. *Am Arsch vorbei.*

Jedes Mal, wenn ich mich hinkniete, setzte sich eine Katze links, die andere rechts neben mich. Sie sahen mich sehr ernst an, wie das Katzen manchmal tun. Katzen gucken oft wie ich, wenn ich meine Steuererklärung machen muss, nur ohne die Panik. Ich wusste nicht so genau, was ich ihnen in solchen Momenten sagen sollte. Es ließ sich einfach nicht rechtfertigen, wenn man genauer darüber nachdachte.

Nach einer Weile wurde mir klar, dass es vielleicht genau *das* war, was sie mir zu sagen versuchten: dass das hier eine völlig durchgeknallte und somit ziemlich verwerfliche Idee war. Wenn Katzen der menschlichen Sprache mächtig wären, würden sie bestimmt sehr oft »ziemlich verwerflich« sagen. Das würde zu ihnen passen.

Übrigens waren es stinkreiche Katzen aus Amsterdam Oud-Zuid. Sie fraßen ausschließlich Royal Canin, das teuerste Katzenfutter der Welt. Bei jeder anderen Marke rümpften sie nur die Nase, und das konnte ich gut verstehen. Ich hatte auch selbst sehr lange einen Kater, Bassie. Er fraß wirklich alles, und das ist ihm nicht so gut bekommen. Bassie war furchtbar charismatisch, forderte aber gerne das Schicksal heraus. Deshalb mischten wir ihm alle paar Monate Antidepressiva ins Futter. In Oud-Zuid machen die Leute das so. Mein Kater war trotzdem nicht zu retten. Er war eine Art Amy Winehouse, nur in dick und orange.

Bassies Problem war nämlich, dass er *nicht* auf den Pfoten landete, wenn er fiel. Er polterte einfach die Treppe runter. Irgendwann kam mir der Verdacht, dass er es mit Absicht tat, weil die Frauen beim Tierarzt immer *durchdrehten*, wenn er reinkam. Wie ich schon sagte: Er war ziemlich charmant. Er ließ sich dort auch nur zu gerne behandeln, mit seinem dicken orangefelligen Bauch.

Was für ein Schleimer, unser Bassie! Wir hätten eigentlich eine Neunlebensversicherung für ihn abschließen sollen, denn diese eine Plattitüde über Katzen traf auf ihn hundertprozentig zu. Bassie hatte zweifelsohne mehrere Leben, und rückblickend vielleicht sogar eins zu viel.

Die Katzen am Klo waren *Pflegekatzen*. Wir haben einander nie wirklich gut kennengelernt. Die beiden wurden nur zufällig Zeugen meiner allerschlechtesten Momente. Ich kann nicht wirklich erklären, woher das Kotzen kam, und vielleicht spielt das auch keine große Rolle. Menschen denken immer, dass man dünn werden möchte, wenn man sein Essen auskotzt. Ich dagegen denke vor allem, man kotzt, weil man kotzen will. Man möchte dem Tod so nahe wie möglich kommen, ohne wirklich zu sterben. Denn wenn man tot ist, kann man keine Blicke mehr wechseln mit starrenden Katzen. Und wenn man sein Essen auskotzt, mag man sein Leben gerade noch genug, um so etwas wertschätzen zu können.

Auf diese Katzen habe ich einen Sommer lang aufgepasst. Den Rest der Zeit arbeitete ich im *Café in the City*. An eurer Stelle würde ich nie, also wirklich nie ins *Café in the City* gehen. Alles da war eklig und teuer, und wenn man fragte, wo das Essen bleibt, bekam man es mit Joe zu tun. Das kann man einfach nicht wollen. Joe fragte uns immer nur: »Sind es Amsterdamer oder Scheißtouristen?« Was für eine rührende Frage. Meines

Erachtens hat schon seit den Achtzigern kein Amsterdamer mehr einen Fuß ins *Café in the City* gesetzt. Es waren *immer* Scheißtouristen, und wenn die oft genug nach
ihrem Spiegelei fragten, sagte Joe zu mir, dass sie es sich
in den Arsch schieben könnten. Das durfte ich ihnen
dann ausrichten. Damals hatte ich allerdings noch lange,
blonde Haare, und so kommt man mit solchen Botschaf-
ten davon. Wenn man langes, blondes Haar hat, kann
man die schockierendsten Dinge über Eier sagen, ohne
dass die Leute aufhören, einen gebannt anzusehen.

Wenn Joe nicht im Laden war, saß er zu Hause in Pur-
merend. Da hatte er mehrere Bildschirme, auf denen
er sehen konnte, was im Restaurant passierte. Eigentlich
hatte ich noch mehr Angst vor Joe, wenn er *nicht* in der
Nähe war. Er rief mich dann ständig an, um mir zu sagen, dass ich meine Haare in Ruhe lassen solle. In meinen ersten Tagen im *Café in the City* bekam ich noch die
komplette Tirade zu hören, später sagte er dann nur
noch: »Finger weg«, und legte wieder auf. Das sorgt bei
mir für eine gewisse Anspannung. Und ob ihr's glaubt
oder nicht, wenn ich angespannt bin, fummle ich viel an
meinen Haaren rum.

Mein Lieblingskollege im *Café in the City* war Bennie, und der trug immer Lila. Herzallerliebst fand ich
das. Er kellnerte auch, und immer, wenn wir unseren
Blick über die Terrasse mit fluchenden Touristen schweifen ließen, flüsterte er: »Ich hab so Lust auf einen Dreier,
Sofie.« Dann nickte ich. Männer sagen das meist, wenn
sie einen Dreier mit *dir* wollen, aber Bennie war da anders. Er sagte immer: »Ich *bin* nur noch nicht so weit,

Sofie, ich *bin* noch nicht so weit.« Das fand ich wirklich herzallerliebst. Für Bennie war ein Dreier das Höchste der Gefühle. Manche Menschen hoffen auf einen Ehrendoktortitel, oder dass Feyenoord niederländischer Meister wird, doch Bennie hoffte einfach nur auf einen Dreier. Das liebe ich: wenn Menschen etwas heilig ist.

Lustig war auch, dass Bennie sich schon jetzt große Sorgen machte wegen dieses Dreiers. Manchmal bohrte ich ein bisschen nach und stieß auf Panik. »Wie wirst du da deine Aufmerksamkeit verteilen?«, fragte ich zum Beispiel. »Ich hab keine Ahnung, Sofie, keine Ahnung!« Wenn ich dann noch weiterbohrte, bekamen die Leute ihr Essen nie. Aber wenn man lange genug im *Café in the City* arbeitet, stört einen das auch nicht mehr. Man hofft nur noch, den Tag rumzukriegen, ohne dass einen Joe zu oft anruft. Und ohne dass irgendwem ein Zahn ausgeschlagen wird. Das passierte nämlich auch hin und wieder.

Merkwürdigerweise war es immer derselbe Junge, dem das passierte. Ungefähr einmal pro Woche kam ich zur Arbeit und hörte: »Jemand hat Joël wieder einen Zahn ausgeschlagen.« Fragt mich nicht, warum, aber Joe hat seinen Sohn Joël genannt. Und Joël war der Einzige im *Café in the City*, der *nicht* mit Achselzucken reagiert hätte, wenn die Bude innerhalb von zehn Minuten abgefackelt wäre. Er liebte dieses Restaurant wirklich. Was man besser nicht tun sollte, finde ich. Einen Laden wie das *Café in the City* zu lieben, ist ein bisschen so, wie Katy Perry zu lieben. Von manchen Sachen sollte man einfach die Finger lassen.

Weil Joël diesen Laden wirklich liebte, rannte er jedes Mal hinterher, wenn Touristen die Zeche prellen wollten. Einmal verfolgte er sie sogar bis in die Tram. Ich sag's euch, die Linie 1 wurde sogar angehalten, weil Joël ein Pärchen durch den Gang verfolgte. Das Problem: Joël war zwar schnell, aber nicht unbedingt stark. Deswegen holte er die Leute zwar immer ein, hatte aber ein Riesenproblem, sobald er ihnen gegenüberstand.

Alle Angestellten des *Café in the City* tranken nach der Arbeit furchtbar viel Bier. Aber wisst ihr, was ich tat? Ich *bestellte* zwar ein Bier und lief damit ein Weilchen rum, trank jedoch keinen Schluck. Nach zwanzig Minuten ging ich zur Toilette und goss da mein Glas aus. Das tat ich wegen der vielen *nutzlosen* Kalorien im Bier. Nutzlose Kalorien sind solche, die nicht lange füllen.

Haferbrei enthält jede Menge nützliche Kalorien, und deshalb aß ich irgendwann nur noch Haferbrei. Haferbrei zum Frühstück, Haferbrei zum Mittagessen und manchmal sogar Haferbrei zum *Abendessen*. Wenn man lange genug mehrmals täglich Haferbrei isst, ist man ihn nach einer Weile wirklich extrem leid. Vor allem, wenn man auch gesehen hat, wie der Haferbrei wieder *herauskommt*.

Zwischen der Mahlzeit und dem Auskotzen darf übrigens nicht zu viel Zeit vergehen. Sonst hat der Körper die Kalorien schon aufgenommen. Aber eigentlich möchte ich euch solche Tipps gar nicht geben. Ich will wirklich nur euer Bestes, und es ist mein innigster Wunsch, dass alle Mahlzeiten, die ihr esst, von eurem Körper vollständig aufgenommen werden. Ihr solltet euer Essen nicht auskotzen. Damit landet ihr nirgendwo, außer in eurem eigenen Kopf. Und genau deswegen tun Menschen das, glaube ich. Weil die Welt einfach viel, viel zu groß ist, und du dir mit jeder Faser deines Körpers einen *Rahmen* herbeiwünschst. Wenn du jeden Tag ausschließlich Haferbrei isst, wird deine Welt sehr klein. Dann kannst du die Ränder berühren, und darum tun Menschen so was: weil sie sich nach Berührung sehnen und niemanden finden, der sie ihnen bieten kann.

Meine Welt war *wirklich* viel zu groß in jenem Sommer. Es war der Sommer, bevor ich mit dem Russischstudium anfing, und verrückterweise sprach ich damals mit so gut wie niemandem. Ich dachte noch oft an Lusche D., wisst ihr? Ich dachte an ihn und daran, wie er als Einziger die Fenster und Türen zu schließen verstanden hatte. »Jetzt ist alles gut.« Nur bei ihm hatte ich das wirklich zu glauben gewagt. Du möchtest so jemanden dann gerne anrufen, aber das *geht* nicht mehr, weil er dich eine lesbische Fundamentalistin genannt hat.

Den kompletten Sommer über sprach ich höchstens mit Bennie und ein bisschen mit den Katzen. Na, und dann geht's los. Mit den Stimmen in deinem Kopf, die dir erzählen, dass es eine *Lösung* ist, wenn du dich vors Klo kniest. Wofür es eine Lösung ist, weißt du nicht. Du weißt bloß, dass *sie* sich vielleicht erschrecken, wenn du nur zerbrechlich genug aussiehst. Sie müssen sich erschrecken, denkst du, denn dann kommen sie vielleicht zurück. Wer sie sind, weißt du auch nicht, einfach – Menschen, mit denen die Türen und Fenster in Gottes Namen endlich mal zu sein können.

Russisch wollte ich studieren, weil ich Übersetzerin werden wollte. Ich fand das wirklich einen wundervollen Beruf. Damals wusste ich noch nicht, dass diese Menschen echt *wahnsinnig* wenig Geld verdienen. Es gibt nur ein paar Dinge, die mich wirklich *auf die Palme bringen*, und die Honorare, die man Übersetzern zahlt, gehören dazu. Wisst ihr was? Übersetzer glauben auch an etwas Heiliges, und ich finde, dass man alle Menschen, die an so etwas glauben, angemessen bezahlen sollte.

Für Russisch bekamen wir drei Dozentinnen: Elizaveta, Czarina und Natasja. Elizaveta war die Einzige, die wir Studenten zumindest ein bisschen im Griff hatten. Sie war echt etwas ausgebrannt. Zu Beginn des Seminars sagte sie einfach »*privjet*« und sank dann wieder auf ihren Stuhl zurück. So forderte sie uns dazu auf, kurze Gespräche auf Russisch zu führen. Das ist bloß schlicht unmöglich, wenn man gerade erst mit einer Sprache anfängt. Man kennt dann nicht einmal das *Alphabet*. Meiner Meinung nach glaubte Elizaveta, dass auch die Niederlande einst unter dem Joch der Sowjetunion gestanden hätten und dass wir alle nur aus Trotz Niederländisch sprächen.

Natasja war ein Fall für sich. Sie hasste uns aus tiefstem Herzen und hätte wohl am liebsten die gesamte Bevölkerung der Niederlande zermalmt, und nach einer Weile sind wir auch dahintergekommen, warum. Schuld war ein kurzer Text, der durchs Internet spukte. Sie war nämlich der Liebe wegen nach Amsterdam gekommen, doch die Geschichte war nicht sonderlich gut ausgegangen. Wie *genau*, wissen wir nicht. Aber wir wissen, dass ihr Ex über dreitausend Wörter darauf verwendet hat, die Chlamydien zu beschreiben, mit denen sie ihn angesteckt hat. Über Natasjas Chlamydien findet man im Internet echt alles. Ziemlich albern, wenn ihr mich fragt, denn mit der richtigen Behandlung wird man die ja auch wieder los. Für so gut wie jeden Menschen gibt es ein Leben nach den Chlamydien, und in diesem Leben muss er auf nichts verzichten. Nur eben nicht für Natasja, versteht ihr? Natasja wird auf ewig mit diesem *Brennen* beim Pinkeln in Verbindung gebracht werden, und ich kann verstehen, dass man dafür mindestens ein Volk büßen lassen möchte.

Weil wir büßen mussten, ließ Natasja uns die russischen Verben der Bewegung auswendig lernen. Das ist ungefähr die allerschlimmste Strafe, die man sich denken kann. Im Russischen gibt es nämlich nicht weniger als vierzehn Wörter für das Verb »gehen«. Die werden paarweise in den Kategorien *nicht zielgerichtet* und *zielgerichtet* gebildet, und innerhalb dieser Kategorien gibt es noch mal jeweils eine Handvoll verschiedener Typen. Immer wenn wir dachten, dass das ja wohl jetzt reichen dürfte, kam Natasja uns mit diversen Formen der Vergangenheit und den vielfältigen Konjugationen all dieser Wörter. Die Unterschiede zwischen den Verbformen sind in manchen Fällen so subtil und *dermaßen* anders als im Niederländischen, dass es eigentlich nicht mehr möglich ist, sie in den Griff zu kriegen, wenn man damit erst nach dem zwölften Lebensjahr anfängt. Das sagte Natasja auch gelegentlich: »Ab der Pubertät kann das eigentlich nichts mehr werden.« Na, ich weiß ja nicht, ob ihr je in einem Vorlesungssaal gesessen habt, aber die Leute da sind wirklich *längst* in der Pubertät. Und manchmal sogar damit durch.

Weil ich die Pubertät bei meinem Russischstudium schon hinter mir hatte, beschloss ich, nur noch in der *zielgerichteten* Form zu sprechen. Zum Beispiel bei einer abgeschlossenen Bewegung, bei der du erst hin- und dann in entgegengesetzter Richtung wieder zurückgegangen bist: »Ich bin ohne Chlamydien zu Natasja gegangen und mit Chlamydien wieder nach Hause gekommen.« Wenn du das so formulierst, wirst du nie explizit sagen, dass du dir die Chlamydien bei Natasja eingefangen hast. Aber du kannst *suggerieren*, dass sie etwas damit zu tun hatte.

Nun müsst ihr verstehen, dass Elizaveta, Natasja und wir, die Studierenden, im Grunde *demselben* Lager angehörten. Einem besonders finsteren Lager. Nur eine kleine, ausdauernde Minderheit hat je das Licht gesehen, und ich bin nicht sicher, ob ich dazugehöre. Wie so oft war die Gruppe derer, die in der Lage waren, sich selbst zu verstümmeln, bevor ein anderer es tat, letzten Endes im Vorteil.

Die ersten zwanzig Minuten von Czarinas Stunden war sie meist nicht da. Trotzdem saßen wir mucksmäuschenstill im Seminarraum, denn es war eigentlich genau wie bei Joe: Die größte Macht lag in den Händen der Abwesenden. Man roch sie, bevor man sie sah. Ein betäubendes Parfum drang einem in die Nase, und im nächsten Moment sah man sie: nicht Czarina, sondern ihre lila Pelzjacke. Eine lila Pelzjacke auf klackernden

Absätzen, und darüber türmte sich ihr Haar auf, bei dem ich nie habe feststellen können, ob es rot oder braun war. So ist das mit Menschen, vor denen man furchtbare Angst hat: Man kann sie nie richtig ansehen.

Czarina kam rein und schmiss ihre Tasche aufs Pult. Dann war sie still und wir noch viel stiller. Im nächsten Moment fing sie an zu lachen und sagte: »*Umniza.*« Das heißt so viel wie: »Gut gemacht.« Aber wir *hatten* da ja noch gar nichts gemacht. Gleich darauf zeigte sie auf jemanden, vorzugsweise den Allerschlechtesten des Kurses, und bat ihn, eine Textpassage vorzulesen.

Wir mussten immerzu Textpassagen auswendig lernen: zehnmal mit CD, zehnmal ohne. Auf der CD hörte man eine Frau, die alles sehr gut aussprach. Ich weiß nicht, wo sie die aufgetan haben, aber es war klar, dass sie Czarina nie kennengelernt hatte. Dafür klang sie viel zu entspannt. Man kann ziemlich viel von anderen lernen, schwierig auszusprechende Vokale und wahnsinnig lange Satzkonstruktionen, aber innere Ruhe leider nicht. Die musst du echt in dir selbst finden.

Und deshalb würden wir nie wie diese Frau klingen, versteht ihr? Nicht einmal entfernt. Czarina ließ dich aussprechen, oder sie unterbrach dich. Wenn du besonders mühsam herumstammeltest, ließ sie dich aussprechen. Und wenn du gerade dachtest, du hättest den Dreh raus, sagte sie: »*Ljubow.*« »Liebes« heißt das. Wenn Czarina dich einmal Liebes genannt hatte, galt es, schnellstmöglich Dissoziation anzustreben. Jedes Selbstwertgefühl – genau genommen jedes Gefühl – musste man schleunigst *außerhalb* der eigenen Person in Sicherheit bringen. Abhauen lautete die Devise, aber das, bitte schön, während man sitzen blieb. Das ist furchtbar schwierig, und Gott weiß, wie viele Fälle vergeblicher Dissoziation wir mitansehen mussten.

Am Anfang des Semesters waren wir knapp vierzig. Zu den Weihnachtsferien hin noch zwölf. Zwölf völlig Durchgeknallte. Das musste man sein, um sich jeden Tag aufs Neue auf diese glühenden Bänke zu setzen. Ich für meinen Teil lernte im Russischstudium zwei furchtbar gute Freunde kennen. Furchtbar gute Freunde, die mich nie wieder anriefen, als sie hörten, dass ich auf Frauen stehe. Mike und Max hießen sie. Mit Mike habe ich ein Jahr lang über nichts anderes gesprochen als über Ajax. Ich wusste gar nicht, dass es über Ajax so viel zu sagen gab, bis ich Mike traf.

Wisst ihr, wen ich damals bei Ajax einen echt netten Spieler fand? Lucas Andersen. Lucas Andersen war Däne. Ich finde Dänen sowieso supernett. Sie sind ein wenig wie Niederländer, nur das entscheidende bisschen länger geduscht. Niederländer mit sehr teurem Conditioner. Wer weiß, wie viele Sorten Conditioner Lucas Andersen besaß. Er hatte wunderschönes Haar, das bei jeder Bewegung, die er auf dem Feld machte, mitwippte. Er war ein furchtbar eleganter Fußballer. Ein echter Künstler.

Und doch hat er sich bei Ajax nicht lange gehalten. Lucas Andersen bewegte sich nämlich überhaupt nicht auf das Tor zu. Er lief einfach so übers Feld, und das wunderbar elegant, ohne jemals eine erkennbare Richtung einzuschlagen. So was rührt mich wirklich. Und doch denken Menschen in der ArenA anders darüber. Menschen in der ArenA können, glaube ich, mit dem Begriff Rührung nicht so viel anfangen. Fenna sagt immer: »Menschen kommen in die ArenA, um ihren Gefühlshaushalt in Ordnung zu bringen, und das ist gut so.« Aber ich habe da meine Zweifel, ob das gut ist. Wisst ihr was? Menschen in der ArenA sind genau wie solche, die im Bett ausschließlich auf den Orgasmus hinarbeiten. Ihnen ist alles andere egal, Hauptsache, es kommt zur *Entladung.*

Also, bei Lucas Andersen konnte man sich auf viel gefasst machen, aber nicht auf Entladungen. Lucas Andersen war ein bisschen lesbisch, wenn man mal darüber nachdenkt. Furchtbar langes Vorspiel, echt furchtbar langes Vorspiel, wodurch irgendwann *so viele* Bewegungen gemacht worden sind, dass man eigentlich nicht mehr versteht, wo das Ganze ursprünglich hätte hinführen sollen. Lucas Andersen spielte gewissermaßen so, wie ich schreibe. Ich verstehe auch nicht ganz, wo das hier hinführen soll. Ihr auch nicht, wahrscheinlich. Aber ihr seid *freundlichere* Menschen als die in der ArenA, wisst ihr? Vielleicht seid ihr ja auch ein bisschen lesbisch.

Mike hielt Lucas Andersen für schwul. Das sagte er immer: »Ich hab nichts gegen Schwule, aber er ist einer, okay?« Lustig. Die Leute haben nie etwas gegen Schwule, Marokkaner oder Lesben, aber nur, solange sie sie als solche benennen können. Manche bräuchten echt ein Beatmungsgerät, wenn sie das nicht mehr dürften. Und wehe, du benennst *sie*, dann brennt bei ihnen gleich eine Sicherung durch. Menschen sind ziemlich erbärmlich, wenn man mal darüber nachdenkt. Wenn man wirklich lange darüber nachdenkt, will man sie alle weg-schließen. Am liebsten in Schubladen.

Die folgenden Schubladen würde *ich* am liebsten verwenden: Menschen in der ArenA; Menschen, die Sätze mit: »Ich habe ja nichts gegen …« anfangen; Menschen, die mit dem Wort »Marokkaner« Menschen bezeichnen, die schon seit Generationen in den Niederlanden leben; Menschen, die Lesben in Restaurants ansprechen, um ihnen zu sagen, dass sie »so ein *schönes Paar*« seien. All diese Schubladen bekämen dann extrem hässliche Etiketten, und nennt es ruhig eine Verletzung der Menschenrechte, aber ich würde diese Schubladen einfach nie mehr öffnen.

Wisst ihr, was ich tun würde? Hin und wieder, an einem freien Sonntagnachmittag, würde ich eine öffnen, mich über das Brüllen und Zetern beugen und sagen: »Jetzt liegt ihr schon seit Generationen in dieser Schublade, ich *denke*, es ist an der Zeit, dass ihr eure Opferrolle mal ablegt.« Und dann würde ich sie wieder zumachen, um meinen Nachmittag in aller Seelenruhe zu Ende zu bringen.

Am liebsten hätte ich den ganzen Tag nur mit Mike gesprochen, aber Max war ja auch noch da. Es ist vielleicht nicht so nett, das zu sagen, aber manchmal gibt es so was in Cliquen: jemanden, der auch noch da ist. Max war *über beide Ohren in mich verliebt*. Mike auch, aber der schaffte es, seine Verliebtheit in Erkenntnisse über Lucas Andersen und Thulani Serero zu kanalisieren. Max nicht. Max schenkte mir seine Liebe einfach in Reinform. Schon seit der Einführungswoche trug er mein

Passfoto im Portemonnaie. So was ist ziemlich merk-würdig, und wenn man nicht möchte, dass einem die Probleme über den Kopf wachsen, muss man an dem Punkt eigentlich schon eingreifen. Aber ich möchte von Natur aus gerne miterleben, wie Probleme so rich-tig schön aufblühen, und selbst dann greife ich oft nicht ein.

Max wollte Dichter werden, und ich damals auch. Aber er war viel tapferer als ich. Er *schlief* so gut wie vor der Tür von De Bezige Bij, und wenn die sich auch nur kurz öffnete, rief er, dass er mehr habe. Kleiner Tipp für Menschen, die bei einem Verlag unterkommen wollen: nie rufen, dass ihr mehr habt. Dann verriegeln sie die Tür doppelt und dreifach. Wenn es nach Verlagen ginge, dürften alle, verdammt noch mal, aufhören, Literatur zu schreiben. Denen kommt die Literatur zu den Ohren raus. Wenn du bei einem Verlag unterkommen willst, sagst du am besten, dass du eine erfrischende Persönlich-keit hast. Dann horchen sie auf. Die Kunst liegt darin, danach *sehr* subtil einfließen zu lassen, dass du auch gerne mal was schreiben würdest. Ihr könnt mir ruhig glauben. Bei mir hat das auch geklappt.

Max' Problem war, dass er echt keine erfrischende Persönlichkeit hatte. Energisch, das schon. Einmal habe ich ihn zu jener Tür von De Bezige Bij begleitet, und die haben sie dann ganz kurz für ihn geöffnet. Es war wirklich eine schreckliche Erfahrung. Wisst ihr, was pas-sierte? Sie ließen uns nicht weiter als bis in die Lobby, wo sofort eine Frau auf uns zustürmte. »Du liegst auf dem Stapel«, kreischte sie. Wenn man auf dem Stapel liegt, hat man verloren. Der Stapel ist ein schickes Wort für Sperrmüll, im Verlagsjargon. Aber das sagte ich Max nicht.

Das Lustige damals war: Er wich einfach nicht von der Stelle. Er blieb da stehen, ohne der Frau in die Augen zu sehen, und nickte derweil den superschicken Fliesen in der Lobby zu. Vielleicht dachte er, die seien die echten Angestellten der Bezige Bij. Na, und dann passierte etwas wirklich *Ungeheuerliches*: Die Frau ließ einen fahren. Keinen lauten, sondern so einen ganz leisen, wahnsinnig stinkenden. Ich musste später noch oft daran denken, und ich glaube, dass sie dazu angehalten wurde. »Bei wirklich hartnäckigen Autoren: furzen.«

Irgendwann habe ich Max dann doch am Ärmel gezupft, sonst stünde er da wahrscheinlich noch heute. *Nichts* konnte ihn dort wegbewegen – nicht einmal dieser unübertroffene Gestank. Er atmete einfach nur ganz tief ein und aus, als sei es sein eigener Furz gewesen. Max war schon sehr früh eins mit De Bezige Bij, glaube ich.

In Czarinas Stunden saßen wir immer in einer Reihe: Mike, Max und ich. Ich saß zwar in der Mitte, fühlte mich dadurch aber keineswegs sicherer. Wir bekamen nämlich alle drei nichts gebacken. Mike sprach Russisch wie etwas, was aus einem herauskommt, wenn man in einer Kneipe im Jordaan *sehr* tief ins Glas geschaut hat. Es war ein bisschen so, als hätte André Hazes seine Herzinfarkte überlebt, brächte nun aber alle Vokale und Konsonanten durcheinander. *Niemand* verstand ihn. Und wenn Czarina ihn zu verbessern versuchte, sagte er: »Ja, ja, ja, ja.« Das gefiel mir an Mike: Er hatte wirklich vor niemandem Angst. Der einzige Fortschritt, den er machte, war, dass er am Ende des Jahres »da, da, da, da« sagte, wenn Czarina ihn unterbrach.

Würde mich interessieren, wie es ihm heute damit geht. Mike studierte Russisch, weil er später in die Wirtschaft wollte. »Irgendwer muss doch mit diesen Verbrechern reden können, Soof«, erklärte er mir. Darin gab ich ihm absolut recht. Es ging ihm immer um Putin. Er sagte, er werde Putin anrufen. »Ich werde dem Typen mal zeigen, wo der Hammer hängt«, sagte er. Ich hoffe sehr, dass er das inzwischen tut. Aber dazu muss er natürlich mehr sagen können als »da, da, da, da«. Sonst zeigt Putin eher Mike, wo der Hammer hängt.

Nun ja, Max verstand auch niemand. Aber aus anderen, fundamentaleren Gründen: Max nuschelte fürchterlich. So sehr, dass die Wörter seinen Mund eigentlich nie verließen. Wenn Max vorlesen sollte, hörte man immer nur eine Art Brummen aus der Ecke des Raumes. Czarina hasste ihn, denn es ist unmöglich, so jemanden zu verbessern. Sie beschimpfte ihn aufs Wüsteste. Diese Frau hat ihm Dinge an den Kopf geworfen, die viele nie überwunden hätten – weder als Student noch als Mensch. Wie Max damit genau zurechtgekommen ist, ist uns ein Rätsel. Im Niederländischen verstanden wir ihn nämlich *auch* nicht.

Max hatte einen starken Brabanter Akzent, und ich will mich darüber echt nicht lustig machen, aber ein Brabanter, der sich meist an Fliesen richtet, kann für seine Umgebung manchmal eine ziemliche Last sein. Anfangs ließen wir ihn noch ausreden, aber irgendwann hatten Mike und ich uns so viel Interessantes über Ajax zu erzählen, dass wir dafür echt keine Zeit mehr hatten. Ab und zu quatschte Mike einfach über ihn hinweg und meinte: »Soof, ich schwör's, ich versteh kein *Wort* von dem, was er sagt.« Ich verstand auch kein Wort von dem, was Max sagte. Aber er war nun mal da, wisst ihr?

Czarina und ich hatten ein etwas komplexes Verhältnis. Um genau zu sein: so komplex, wie es zwischen Frauen eben werden kann. Vor allem nannte sie mich immer ihr »schönes Sofiechen«. Wenn du mir die Sauerstoffzufuhr zum Hirn abschneiden willst, brauchst du mich bloß dein »schönes Sofiechen« zu nennen. Czarinas schönes Sofiechen wurde in jeder Stunde drangenommen, und dann am liebsten bei den kompliziertesten Texten. Unsere Dozentin verfolgte bei mir nämlich eine besonders raffinierte Taktik, und die hat ihr Ziel auch in keinster Weise verfehlt.

Eines Nachmittags las ich gerade aus einem Text von Daniil Charms vor, als sie mich unterbrach. Sie sagte: »*Ljubow*, ich wusste gar nicht, dass Sie Legasthenikerin sind.« »Bin ich auch nicht«, antwortete ich und durfte weiterlesen. Eine halbe Minute später fiel sie mir wieder ins Wort und fragte: »Aber welche kognitive Störung haben Sie denn dann?«

Das Peinliche war, dass ausgerechnet Daniil Charms eher einfache Texte schrieb. Schwierig zu schreiben, aber nicht schwierig vorzulesen. Neben dem Text war ein Foto von ihm mit Zigarre abgedruckt. Nach dieser zweiten Bemerkung starrte ich *nur noch* auf die Zigarre. Doch dann sollte ich weiterlesen, versteht ihr? Während ich einfach nur einen Kloß im Hals hatte. Deshalb klang ich so, als wäre ich tatsächlich Legasthenikerin oder hätte eine andere kognitive Störung. Das war das Furchtbare an Czarina: Sie zwang das Recht einfach auf ihre Seite.

Nach der Stunde blieb ich sitzen und sagte zu Mike und Max, sie bräuchten nicht auf mich zu warten. Als nur noch Czarina und ich im Raum waren, ging ich zu ihr hin und erklärte: »Das geht so nicht.« Auf meine komplexen Sätze ist absolut kein Verlass. Wann immer irgendwas nicht ganz im Lot ist, bedanken sie sich *herzlich* und machen, dass sie wegkommen. Die Schlingel.

Im nächsten Moment fing ich an zu weinen. Czarina hatte schon ihre lila Pelzjacke an, und nachdem sie ein paarmal »*moja prekrasnaja djewuschka*« – »mein wunderschönes Mädchen« – gesagt hatte, nahm sie mich in den Arm. Na, da heulte ich erst so *richtig*. Wenn man so doll weint, weint man wegen allem. Ich weinte wegen Mike und Max und mir und weil ich ihr schönes Sofiechen war. Deswegen musste ich ganz *besonders* weinen.

Und ihr werdet es kaum glauben, aber sie fing an, meine Tränen wegzuküssen. Könnt ihr euch das vorstellen? Czarina in ihrer lila Pelzjacke, die mir die Tränen von den Wangen küsst? Ich weiß noch, dass ich eigentlich zurückküssen wollte und darüber noch heftiger weinen musste. Wenn ich so weine, gerät meine Atmung immer durcheinander. Darum zuckte mein ganzer Körper, woraufhin mich Czarina noch fester hielt. Sie sagte: »Ich lasse dich erst wieder los, wenn du dich beruhigt hast.« Also standen wir zwanzig Minuten lang so da. Ab und zu flüsterte sie, dass ich zu schön sein, um so zu weinen. Und dann fing ich wieder an zu schluchzen, weil ich spürte, dass das nicht *stimmte* – wisst ihr?

Das war so seltsam in jener Zeit: dass alle mir immer sagten, wie *hübsch* ich sei, während ich überzeugt war, dass das nicht sein konnte. Mit der Schönheit ist es so eine Sache. Während ich das hier schreibe, habe ich einen kahl rasierten Kopf mit ein paar Pickeln. Und den gucke ich mir gerne öfter mal an, wisst ihr? Damals aber nicht – damals nie. Früher wollte ich jedem Spiegel entkommen, noch bevor er mich erblickt, weil ich etwas sah, das *ich* nicht war. So einen Anblick erträgt man eigentlich nicht.

Doch irgendwann kommt der Tag, an dem sie dich einholen, die Spiegel. Sie holen dich unweigerlich ein, und dann siehst du, was du *eigentlich* bist: ein bisschen zu blond, ein bisschen zu dünn, ein bisschen zu zerbrechlich. Und glaubt mir, da gibt es nur eins, was du dir sagen kannst: »Du kannst nichts dafür, du kannst nichts dafür, du kannst nichts dafür.« Denn du kannst wirklich nichts dafür. Schuld sind all die Menschen, die es dir *nie* ins Gesicht gesagt, sondern immer nur schön hintenrum reingerieben haben.

Einen Monat, nachdem Czarina mich in den Arm genommen hatte, fuhren wir nach Kaliningrad und Danzig. Die hellen Leuchten unserer Fachschaft waren auf die Idee gekommen, das Ganze im Januar zu veranstalten, wenn die gefühlte Temperatur um die vierunddreißig Grad unter null liegt. Das geht wirklich gar nicht. *Gar* nicht. Erst recht nicht, wenn man nur Chucks und einen Ajax-Schal mithat wie Mike und ich. Wir hatten geglaubt, dass so ein Schal einen echten Ajax-Fan warm hält, doch da mussten wir bald von abrücken.

Auf der ganzen Studienfahrt haben Mike und ich ungefähr drei Worte gewechselt. Den Rest der Zeit liefen wir mit gesenktem Kopf hinter der Gruppe her. Hin und wieder verloren wir sie, denn es fehlte uns die Energie, den Kopf zu heben und zu schauen, wo sie hingingen. Außerdem geht man nicht wirklich irgendwo hin bei vierunddreißig Grad unter null. Man *geht* einfach nur. Und wenn es dir noch gelingt, an irgendwas zu denken, dann denkst du an deine Zehen. Du fragst dich, wie viele du irgendwann mal hattest. Die Trauer antizipieren: Damit bist du beschäftigt. Du denkst an all die Erlebnisse mit deinen Zehen, all die guten und weniger guten Momente und versuchst, dir weiszumachen, dass du die guten in wärmster Erinnerung behalten wirst.

Am zweiten Tag sah Mike mich mit stumpfem Blick an, während seine Hand langsam in seine Innentasche fuhr. Minutenlang schaute ich mit demselben trüben Blick zurück, bis Mike ihn zu fassen bekam: einen Flachmann. »Trink«, sagte er mit schrecklich tiefer Stimme. Bis heute weiß ich nicht, was in dem Flachmann drin war, aber nach dem ersten Schluck war ungefähr die Hälfte meiner Organe weggebrannt. Das klingt unerfreulich, aber in so einem Moment ist es eine willkommene Überraschung, dass du diese Organe überhaupt noch zu haben scheinst.

Dieser Flachmann hat uns durch ganz Osteuropa gebracht. Wie es Mike immer wieder gelang, ihn aufzufüllen, weiß ich nicht. Unter solchen Umständen *stellt* man einfach keine Fragen mehr. Wenn jemand sagt: »Trink«, dann trinkst du. Und wenn einer der Organisatoren der Studienfahrt sagt: »Geh«, dann gehst du. Solltest du dich insgeheim danach sehnen, eine Kuh zu sein, kann ich dir eine Studienreise nach Danzig und Kaliningrad nur wärmstens ans Herz legen.

Mir tat Mike aber auch wirklich leid: Er fing viel mehr Wind als ich. Mike ist echt baumlang. In Danzig wirkte er allerdings eher wie ein langer Baum. Wenn man ihn nicht gerade in irgendeine Richtung schickte, blieb er einfach stehen. Er sah mit seinem kahl rasierten Kopf über alle anderen hinweg und senkte den Blick dann wieder auf die Pflastersteine. Es war sehr traurig, Mike so zu sehen. In solchen Momenten vergisst man schon mal, dass er nichts gegen Schwule hat. Man möchte ihm einfach ein bisschen übers Köpfchen streicheln und moderne Märchen von Toon Tellegen vorlesen.

Max hingegen war die ganze Reise lang bester Laune. »Das ist hier wie ein Ölkrapfenstand, nur ohne Ölkrapfen«, sagte er immer wieder. Max' Eltern besaßen einen Ölkrapfenstand in Brabant. Jeden Winter musste er da arbeiten, und wisst ihr, was der Witz war? Max *mochte* überhaupt keine Ölkrapfen. Ich kann verstehen, dass man dann froh ist, wenn man nach Danzig kommt. Nicht ein einziger Einwohner von Danzig denkt an Ölkrapfen. Die Danziger denken meiner Meinung nach ausschließlich an Schopenhauer und daran, dass das Schlimmste noch kommen muss.

An dem Abend, bevor wir nach Kaliningrad fuhren,

haben wir das Nachtleben von Danzig erkundet. Wir gingen in fünf Kneipen, und in der letzten löste sich Mike plötzlich von unserer Gruppe. Er stellte sich in die Mitte des Raumes und ging tief in die Knie. Wer den Kosakentanz nicht kennt: Der kommt ursprünglich aus der Ukraine und ist dort im Mittelalter entstanden. Charakteristisch sind die hohen Sprünge, bei denen die Arme und Beine horizontal abgespreizt werden.

Na, das ist ungefähr eine halbe Minute gut gegangen. Mike *donnerte* durch den Raum, wobei er wenig bis keine Rücksicht auf Stühle oder Umstehende nahm. Es war ein atemberaubender Anblick, keine Frage. Aber auch ein gruseliger: Die Gäste der Kneipe sahen ihn immer wütender an, bis ihm der Wirt schließlich ein Glas an den Kopf warf. In Polen gibt es *ausschließlich* sensible Themen, und der Kosakentanz ist eins davon.

Das Glas streifte Mikes Gesicht, woraufhin Max und ich den Laden fluchtartig verließen. Aber Mike nicht, versteht ihr? Mike blieb stehen. Von draußen hörten wir ihn lauthals Anti-Rotterdam-Fangesänge grölen: »Das sind nur Scheiiiißkakerlaken!« Von allen Ajax-Fans war Mike wirklich der größte. Selbst an einem Ort, an dem kein Mensch je von Feyenoord *gehört* hatte, legte er sich mit Rotterdam-Fans an.

In Kaliningrad angekommen, waren wir alle drei krank, weil die Nacht noch kälter gewesen war als die Tage zuvor, nur dass wir das nicht gespürt hatten wegen des verfluchten Wodkas. Die ersten paar Tage haben Mike und ich deshalb vor allem Karten gespielt, während Max *Oblomow* las. Zu der Zeit fing Mike an, Max

»Bloffo« zu nennen. »Bloffo, ruf doch mal Deliveroo an«,
sagte er hin und wieder zu ihm. Es gab natürlich kein
Deliveroo in Kaliningrad, aber Mike sagte, allein der Gedanke, dass es das gebe, beruhige ihn. Deshalb musste
Max einmal am Tag den Raum verlassen und so tun, als
riefe er bei Deliveroo an.

Als wir zum ersten Mal das Hostel verließen, um mit
dem Rest der Gruppe mitzugehen, haben wir das fast
nicht überlebt. Der eiskalte Wind war in Kaliningrad
noch beißender als in Danzig, denn dort steht nur eine
Handvoll Häuser. Ich weiß auch nicht, warum. Und die
Gebäude, *die* es gab, hatten plötzlich andere Öffnungs-
zeiten. Wollten wir ins Museum gehen, stellte sich raus,
dass es vorübergehend oder dauerhaft geschlossen war.
Wenn wir Glück hatten. Wenn wir Pech hatten, hatte es
das Museum nie gegeben. Na, da fühlt man sich schon
wie ein Idiot. Wenn man bei minus siebenunddreißig
Grad vor einem Gebäude steht, das nie das fragliche
Gebäude gewesen ist, *spürt* man einfach, wie sich dieses
Haus das Lachen mit Mühe und Not verkneift.

Anfangs gingen wir in Kaliningrad übrigens überhaupt nicht ins Museum. Wisst ihr, was wir taten? Wir
gingen an die frische Luft. Könnt ihr euch das vorstellen? Nach einer halben Stunde fing ein Mädchen an
zu weinen. Dafür hatten natürlich alle Verständnis, aber
deshalb bricht man ja nicht gleich den Spaziergang ab.
Und so lief sie einfach und heulte. Menschen, die beim
Weinen einfach weitergehen, sind ein seltsamer Anblick.
Das Einzige, was nicht weiterlief, waren die Tränen – die
froren einfach auf ihren Wangen fest. Es war ziemlich al-

bern, wenn man kurz innehält und drüber nachdenkt. Aber das tut man eben nicht bei minus siebenunddreißig Grad.

Es wurde ein katastrophaler Nachmittag. Während des Spaziergangs hörten wir auf einmal von rechts ein lautes »Bloffoooo!«. Im nächsten Moment sahen wir Max, der mit dem Gesicht im Schnee lag. Mike hatte den ganzen Nachmittag über aus seinem Flachmann getrunken und Max soeben einen riesigen Schneeball an den Kopf geworfen. Aber wisst ihr, was das Gruselige war? Max stand nicht mehr auf. Er blieb da einfach liegen, während Mike rumbrüllte: »Bloffooo! Braaabant! Harter Schwanz, weiches G!« Letzteres sagte er ziemlich oft zu Max. Aber jetzt war es wirklich nicht mehr witzig.

Dann fingen noch mehr Leute an zu weinen, was ich ehrlich gesagt ein bisschen nervig fand. Was für Weicheier, diese Russischstudenten! Nicht mal einen Schneeball können sie verkraften. Ich habe Max daraufhin eine Minute lang geschüttelt und gerufen, dass jemand Mike in den Griff bekommen möge. Doch das tat halt niemand, weil sie alle so furchtbare Weicheier waren. Mike grölte also einfach weiter von seinem Hügel herunter, als Max plötzlich aufschrak. Wisst ihr, was er sagte? »Wennu den wirfs, krissu den zurüch inne Fresse.« Ich fand das sehr schlagfertig von Max. Als ich das Feuer in seinen Augen sah, vergaß ich sogar kurz die Kälte.

Danach rannte er den Hügel hinauf und haute Mike ordentlich eine rein. Streng genommen hätte er natürlich einen Schneeball zurückwerfen müssen. Aber vielleicht lässt »*wennu den wirfs, krissu den zurüch inne Fresse*« auch verschiedene Interpretationen zu.

Am letzten Abend in Kaliningrad gingen wir in einen Club. Mit der ganzen Gruppe, was normalerweise überhaupt kein guter Plan ist, wenn man irgendwo reinkommen will. Außerdem sahen wir alle grässlich aus. Als wären wir in Karthago aufgebrochen und hätten die Alpen gerade hinter uns. Wahrscheinlich stand auf der Gästeliste »Hannibal + 20« – wobei Mike zweifelsohne Hannibal war. Eine Gesichtshälfte war nämlich komplett grün von Max' eiskalter Faust.

Drinnen stellte sich heraus, dass wir die einzigen Gäste waren. Das heulende Mädel fing direkt an, mit Max rumzuknutschen. Was für alle eine Überraschung war, auch für Max. Während sie dastanden und knutschten, hatte er die ganze Zeit die Augen auf, und man sah ihm einfach an, dass sie die Fliesen des tonangebenden Verlages suchten. Er wirkte echt ein bisschen verloren. Und wir konnten gar nichts für ihn tun, das war das Üble.

Den größten Teil des Abends habe ich mit Mike auf einer Couch gesessen. Inzwischen war eine Gruppe Männer reingekommen, alles Glatzköpfe, die ihm hin und wieder zunickten, weil auch er einen kahlen Kopf hatte. Im Laufe des Abends rutschte Mike immer näher an mich heran. Das merkte ich zwar, traute mich aber nicht, ihn darauf anzusprechen. An dem Rutschen selbst gab es ja gar nicht so viel auszusetzen, aber man fragt sich halt, wo jemand damit *hinwill*, versteht ihr?

Genau in dem Moment, in dem die Glatzen sich zum Gehen wandten und Mike ein letztes Mal nachdrücklich zunickten, geschah es: Er beugte sich zu mir herüber und öffnete den Mund. Aber wisst ihr, was das Blöde war? Er öffnete den Mund zu *früh*, als der Abstand zwischen uns noch recht groß war. Wenn du jemanden küssen möchtest, solltest du den Mund erst öffnen, wenn sich eure Lippen berühren. Dann allerdings musst du ihn *wirklich* öffnen, sonst hängt dir den Rest deines Lebens so eine halbe Anekdote nach wie mir meine mit Georgina Verbaan.

Ich sah Mike also in den Mund, auf die Zunge, die so viel über Ajax erzählt hatte. Und eigentlich war mir danach zu sagen: »Erzähl mir mehr über Ajax.« Aber die Zunge wollte in dem Moment echt was anderes. Das ist das Schlimme: Wenn man eine Zunge im entscheidenden Moment ignoriert, erzählt sie einem gar nichts mehr. Nicht über Ajax und auch nicht über Lucas Andersen.

Daraufhin wandte sich Mike von mir ab und zeigte auf Max. »Guck mal, Bloffo«, sagte er. »Harter Schwanz, weiches G«, erwiderte ich. Er sagte daraufhin, das sei sein Witz, und so geht das immer: Küsst du Menschen lange genug nicht zurück, sind sie plötzlich empfindlich, wenn es darum geht, was *deine* Witze sind und was *ihre*. So fängt es an. Und nach einer Weile rufen sie dich nicht einmal mehr an.

Manic Pixie Dream Girl

Es *könnte* sein, dass manche von euch den chronologischen Faden dieser Geschichte so langsam verlieren. Extrem nervig, könnte ich mir vorstellen. Deshalb erkläre ich es kurz: Im ersten Teil bewegen wir uns mit der Zeit mit, und im zweiten Teil gehen wir, grob gesagt, in der Zeit zurück. Und ich verrat's euch gern jetzt schon: Im dritten Teil machen wir einen Sprung durch die Zeit, hin zu etwas, das man mehr oder weniger die Gegenwart nennen könnte. Es wäre vielleicht möglich gewesen, klarer oder deutlicher vorzugehen, aber um ehrlich zu sein, halte ich nicht so viel von klar und deutlich.

In diesem Teil habe ich *versucht*, eine gewisse intellektuelle Geschichte nachzuzeichnen, aber das ist misslungen. Misserfolge sollte man immer transparent kommunizieren, wenn ihr mich fragt. Es ist misslungen, weil ich vom Intellektuellen immer wieder ins Sexuelle abschweife. Was das betrifft, bin ich Sigmund Freud wohl doch ähnlicher als gedacht.

Ihr habt es schon gemerkt: Ich *versuche* zwar, bei Wittgenstein anzufangen, lande dann aber doch immer bei

Georgina Verbaan. Jedes verdammte Mal, ich kann auch nichts dafür. Außerdem bin ich felsenfest davon überzeugt, dass eine Geschichte *sich selbst* erzählt und der Autor nur ein bisschen miesepetrig danebensteht. Das habe ich in der Literaturwissenschaft gelernt – noch so ein Fach, das ich ein Weilchen studiert habe. Dort lernte man nur eins: Der Autor ist tot. Und wenn man's genau nimmt, stimmte das: Die Autoren, die wir lasen, waren oft schon seit geraumer Zeit verstorben.

Es hat eine Weile gedauert, bis ich verstand, dass das anders gemeint war. Gemeint war, dass man den Text *selbst* betrachten und die Absicht des Autors außen vor lassen solle. Was für eine schreckliche Beleidigung. Ihr könnt sicher sein, dass ich euch finden werde, wenn ihr meine Absichten außen vor lasst. Vielleicht bin ich ja der erste wirklich lebendige Autor. Sollte dieses Buch je in einem literaturwissenschaftlichen Seminar diskutiert werden – ruft mich kurz an. Dann schwinge ich mich aufs Rad und verrate euch, was meine Absichten waren.

In der Literaturwissenschaft mussten wir Englisch sprechen, denn sie glaubten nicht nur an den Tod des Autors, sondern auch gleich an den der ganzen niederländischen Sprache. Und als würde das noch nicht reichen, benutzten alle ständig das Wort »*rather*«. Die Studenten dachten, glaube ich, dass sie damit automatisch recht hätten. *Rather untrue*, wenn ihr mich fragt.

Die Mehrheit der Literaturwissenschaftsstudenten war echt ein bisschen dumm. Dumm und undiszipliniert: Diese Eigenschaften treten oft zusammen auf. Die Literaturwissenschaft war das perfekte Studium für diese

Art von Menschen, denn man konnte im Grunde einfach sagen, was man wollte. So was ist möglich, wenn der Autor einmal für tot erklärt ist. Alles, was man dann sagt, gilt als *Interpretation*.

Dieses ganze Interpretieren hat mich irgendwann komplett wahnsinnig gemacht. Vor allem das Genicke im Anschluss. Man musste immer nicken, wenn jemand seine Interpretation zum Besten gegeben hatte. Mir hätte es besser gefallen, wenn man dem Interpretierenden das Buch um die Ohren hätte klatschen dürfen. Früher hatte ich einen Fußballtrainer, der jedes Mal, wenn man danebenschoss, rief: »Spiel lieber Tennis, Mann!« Das wäre ein Spaß gewesen: Ein Dozent, der dir empfiehlt, lieber Tennis zu spielen, wenn du wieder mit den Blumen von Mrs. Dalloway anfängst.

Mrs. Dalloway hat mich ziemlich geschafft. Das Buch handelt von einem ganz gewöhnlichen Tag im Leben dieser besagten Mrs. Dalloway. Na, da steige ich schon aus. Ich lese lieber was über jemanden mit einem ganz besonderen Leben. Außerdem konnte ich mich schlecht auf das Buch konzentrieren, weil ich die Ausgabe meiner Oma las und die mir nicht erlaubte, das Buch irgendwohin mitzunehmen. »Socken und Bücher kriegt man nie zurück«, sagte sie immer, und da hatte sie völlig recht.

Meine Oma hatte angefangen, »über den Dingen zu schweben« – so drückte es meine Mutter irgendwann aus. Und ja, sie schwebte tatsächlich. Meist öffnete sie nicht mal die Tür, wenn ich klingelte. Wenn ich dann mit meinem eigenen Schlüssel reinkam, tätschelte sie mir die Schulter und sagte: »Kind, kannst du nicht zu einer christlicheren Uhrzeit wiederkommen?« Dabei war es einfach drei Uhr nachmittags. Meine Oma sprach ständig von christlicheren Uhrzeiten. Lustig war das. Sie rief meine Eltern mit Vorliebe gegen zwei Uhr nachts an, um sie zu fragen, wo Tijn sei. Tijn ist mein Onkel, und der wohnt schon seit ungefähr vierzig Jahren in Friesland. Das sagte meine Mutter dann auch, aber oft glaubte meine Oma ihr nicht und erwiderte: »Der Nichtsnutz ist sicher wieder in der Kneipe.«

Jedes Mal, wenn ich mich auf Mrs. Dalloways Alltag zu konzentrieren versuchte, fragte mich meine Oma, wer denn der charmante Mann an der Wand sei. »Das ist *dein* Mann«, antwortete ich dann. Gott, was strahlte sie jedes Mal. Wirklich rührend fand ich das. Danach legte sie sich wieder ins Bett, zwischen all ihre italienischen Bücher. Meine Oma konnte überhaupt kein Italienisch, die Sprache gefiel ihr nur so gut. Das fand ich sehr rührend.

Weil ich meine Oma so rührend fand, blieb ich oft den ganzen Nachmittag. Dann bestellten wir Fertigmahlzeiten. Ich glaube, meine Oma und ich haben alle Fertigmahlzeiten der Welt durchprobiert. Sie zwinkerte mir beim Essen immer zu. Eine echte Charmeurin. Manchmal hielt sie inne und sagte: »Eigentlich *absurd*, dass wir so früh am Morgen Babi Pangang essen.« »So ist es«, gab ich zurück. Und dann aßen wir weiter.

Mit *Mrs. Dalloway* brauchen wir uns übrigens nicht allzu lange aufzuhalten. Es ist zwar ein bisschen peinlich, aber ich erinnere mich kaum noch daran. Das geht mir oft so mit Büchern, von denen alle wollen, dass du zu ihnen eine Meinung hast und die verschiedensten Metaphern in ihnen entdeckst. Deshalb gucke ich mit Männern auch nicht mehr Fußball: Die haben dazu nachher immer eine Meinung. Und wenn du nur lange genug nachbohrst, kommen sie dir irgendwann sogar mit Metaphorik.

Ich habe das nie ganz verstanden: nicht im Fußball und nicht in der Literatur. Ich finde, da *passiert* doch was, ob es nun ein Durchspiel ist oder ein Satzteil, und dieses Ereignis kann man würdigen. Das Fantastische ist doch gerade, dass es darüber im Nachhinein nichts zu sagen gibt. Ich meine: Über den Eröffnungstreffer von Robin van Persie gegen Spanien gibt es wirklich nichts zu sagen. Er *fand statt*. Und du hast ihn gesehen oder eben nicht.

Mein Gott, was für ein Tor übrigens. Ich aß gerade Pizza mit Mike, als ich es sah, und ich kann euch auch nicht erklären, warum, aber ich habe meine Pizza damals aus dem Fenster geworfen. So sehr habe ich mich gefreut. Pizzen fallen sehr langsam. Ich sah sie durch die Luft schweben, eigentlich genau wie van Persie, und kurz bevor sie den Boden erreichte, wurde sie von einem Stuhl eingeholt. Könnt ihr euch das vorstellen? Meine Nachbarn haben sich so gefreut, dass sie ihren Stuhl zum Fenster rausgeworfen haben. Wenn ihr mich fragt, sagt so was viel mehr aus als irgendeine Interpretation.

Meine Oma ist in einem Pflegeheim gestorben, inmitten jeder Menge anderer Leute, die auch über den Dingen schwebten. Es war ein schwebendes Haus in

Amsterdam Nieuw-West. Weil sie immer so strahlte, wenn sie das Foto meines Opas sah, hatten wir es über ihr Bett gehängt. Als ich sie zum zweiten Mal besuchte, zeigte sie wieder darauf. »Wer ist der Mann da mit der Judennase?«, fragte sie. Da wusste ich, dass sie *wirklich* schwebte. Ich habe darüber nachgedacht, und eigentlich sollte es nur Robin van Persie und Pizzen erlaubt sein zu schweben. Nur die sind gut darin. Bei allen anderen ist es ein trauriger Anblick.

Weil alle in der Literaturwissenschaft immer »*rather*« sagten, setzte ich mich nah an die Tür. *Rather* auf dem Absprung – dachte ich. Außerdem kann ich überhaupt kein Englisch. Deshalb antwortete ich, wenn man mich etwas fragte: »*Yes, indeed.*« Wobei ich »*indeed*« so britisch wie möglich aussprach – bei den Briten denkt man ja oft an Belesenheit. Das funktionierte leider nicht, denn in diesem Studiengang werden nur offene Fragen gestellt.

Das ging ungefähr so: »*Sofie, what are your thoughts on the use of metaphors in the second chapter of Coetzee's* Waiting for Barbarians?«

»*Yes, indeed.*«

»*Yes, indeed?*«

»*Yes, yes, yes, indeed.*«

Und dann guckte ich so aggressiv wie möglich in die Runde. Gibt es hier etwa noch Freiwillige, die den Toten Autor verkörpern möchten, versuchte ich auszustrahlen. Tja, auf diese Weise lassen sie dich todsicher in Ruhe, diese Literaturwissenschaftsstudenten.

Im Grunde hatten da alle ein bisschen Schiss vor mir. Und trotzdem fand ich eine Freundin – ausgerechnet das Mädchen, um das ich einen großen Bogen machen wollte. Sie war nämlich sehr hübsch, und ich hab's nicht so mit hübschen Menschen. Wisst ihr, wieso? Sie tun immer so entsetzlich *nett*. Nicht weil sie es wären, sondern weil sie befürchten, dass alle angesichts ihrer Schönheit vom Gegenteil ausgehen. Das ist echt eins der größeren Probleme wahnsinnig schöner Menschen. Ich habe viel über sie nachgedacht, und je länger man das tut, desto nerviger werden sie.

Frida war wirklich *wahnsinnig* schön. So schön, dass es für alle Beteiligten nicht mehr lustig war. So schön, dass man alle Umstehenden einen Kopf kürzer machen wollte, weil sie das *Bild* ruinierten. Frida war bildschön, und wenn das irgendjemanden in den Wahnsinn trieb, dann sie selbst, glaube ich. Eigentlich habe ich ausgesprochen wenig Lust, sie zu beschreiben. Euch fällt sicher von ganz allein was ein beim Gedanken an so viel Schönheit.

Jedenfalls begann Frida vom einen auf den anderen Tag, mir Dinge ins Ohr zu flüstern. Nicht irgendwelche Dinge, sondern Dinge über Verliebtheit. In einer Vorlesung haben wir nämlich »*Wild is the Wind*« von Nina Simone angehört. In dem Lied geht es um Verliebtheit. *Heftige* Verliebtheit, wohlgemerkt. Dazu muss ich sagen, dass das vor dem Abend war, an dem ich ins *De Trut* ging und Fenna so müde auf ihrem Stuhl hing. Will heißen: Ich wusste überhaupt *nichts* über Verliebtheit. Geschweige denn heftige Verliebtheit. Ich wusste nur, wie es sich anfühlt, wenn ein Widerling dir in die Wade kneift und du ihn kneifen *lassen* musst, weil er vielleicht den Literaturnobelpreis bekommt. Aber das ist ja keine Verliebtheit, wenn ihr wisst, was ich meine.

Während das Lied lief, beugte sich Frida zu mir. Sie flüsterte, dass sie gut darüber nachgedacht habe und »*I Kissed a Girl*« von Katy Perry sie vielleicht doch mehr berühre. Das war das Furchtbare: Sie hatte *auch noch* Humor. Ich gebe zu, das war wahrscheinlich nicht der beste Witz der Welt, aber sie hatte wirklich welchen. Von dem Tag an wurde mir immer etwas schummrig. Ich kann euch gar nicht genau sagen, wie es anfing, wisst ihr? Das ist das Furchtbare an heftiger Verliebtheit: Man denkt plötzlich nur noch in *Farben* – herrlichen Farben.

Auf Schiermonnikoog merkte ich, dass irgendwas nicht stimmte. Unglaublich, aber wahr: Unser Semester fuhr zum Beschnuppern nach Schiermonnikoog. Es ist mir bis heute unklar, warum Menschen in ihrer Freizeit auf solche Inseln fahren. Für diejenigen, die noch nie da gewesen sind: Es ist da ununterbrochen entsetzlich windig, ganz entsetzlich, und das Einzige, was man tun kann, ist *an die frische Luft gehen*.

Und lustigerweise hat niemand von uns die anderen wirklich kennengelernt auf diesem Kennenlernwochenende. Wir haben alle nur einen Jungen kennengelernt, und das war Dennis. Dennis war im dritten Studienjahr und als Begleitperson dabei. Um dann das ganze Wochenende von dem einen Mal zu erzählen, als er mit einem Mädchen in Den Haag Sex hatte, das ihn anschließend vollgekackt hatte. Es war echt eine gute Geschichte, keine Frage. Er war zu dem Mädchen nach Hause gegangen, und sie bestand auf Analsex. Na ja, und das ging eben schief, sodass sie ihn vollgekackt hat. Eigentlich ist es gar keine besonders gute Geschichte, wo ich jetzt so darüber nachdenke. Es fehlt ein Spannungsbogen. Aber er konnte sie echt gut erzählen.

Auf der lebensgefährlichen Überfahrt stellte Frida fest, dass sie ihr Portemonnaie vergessen hatte. Ich stand gerade an der Reling und erwog zu springen. Die Sache mit meinen Ängsten war damals echt katastrophal. Wenn das Stechen in der Brust schlimm genug ist, kommt man auf die verrücktesten Ideen, damit es weggeht. So verrückt, dass man vergisst, dass man zusammen *mit* dem Stechen dann auch selbst weg wäre. Eigentlich wird man echt ziemlich gaga, wenn die Angst groß genug ist. Darum also stand ich da, als Frida mich plötzlich schüttelte.

Und wisst ihr, was ich tat, als sie mir sagte, sie habe ihr Portemonnaie zu Hause vergessen? Ich gab ihr meins. »Da«, meinte ich. Könnt ihr euch das vorstellen? Mir war echt alles völlig egal. Später habe ich diese Geste analysiert und in ihr *heftige* Verliebtheit erkannt. Achtet mal drauf: Wenn ihr jemandem eure Bankkarte gebt und »da« sagt – dann seid ihr wahrscheinlich über beide Ohren verliebt und nicht mehr zu retten.

Niemand hat bei mir einen so tiefen Eindruck hinterlassen wie Frida, und ich kann mir vorstellen, dass ihr noch nicht ganz versteht, wieso. Schließlich habe ich bisher nur erzählt, wie schön sie war und dass sie gelegentlich ihr Portemonnaie vergaß. Also, ich suche schon *mehr* in einer Frau. Ich suche eine Person, die mit ihrem Gesicht so nahe an meins kommt, dass ich meinen Kopf für eine Weile vergesse. Im Grunde ist Liebe eine Form des Selbstmords, versteht ihr? Du willst verschwinden, ganz dringend verschwinden, sodass du und das Gift, das du in dir trägst, sich endlich einmal *auflösen*.

Wenn ich ehrlich bin, habe ich diese Erkenntnis beim Widerling geklaut. Er hat das irgendwann einmal sehr schön niedergeschrieben: »Was ich erreicht habe, ist negativ. Ich habe keine Angst mehr. Ich kann mich in aller Ruhe auflösen, so wie man eine Flasche Gift im Ozean auflöst. Dem Ozean kann das wenig anhaben. Und das Gift ist von einer schweren Bürde befreit, es braucht nämlich kein Gift mehr zu sein.« Echt eine schöne Passage.

Was ich erreicht habe, ist auch negativ. Ich habe Frida nie *gekriegt*, aber sie hat mir doch geholfen, jede Menge Unsinn loszuwerden. Frida zeigte mir, dass es eine Welt gibt, in der Menschen nicht zu den Großen gehören wollen, in der sie der Zeit vertrauen und währenddessen versuchen, das Beste draus zu machen. Sie kaufte nicht bei Albert Heijn ein, sondern bei einem der türkischen Läden in der Bilderdijkstraat. Da suchte sie sorgfältig ihr Gemüse aus, das sie dann entsetzlich langsam kochte. Und es wurde *immer* köstlich, versteht ihr?

So etwas scheint nur ein Detail zu sein, aber das ist es nicht. Wer sein Gemüse so langsam kocht, hat etwas ganz Wesentliches verstanden. Ich habe mir dieses Wesentliche nie ganz aneignen können und habe nach Frida einfach wieder weitergemacht, wo ich aufgehört hatte: beim Kaufen von Fertigsalaten. Doch mit ihr habe ich dieses Wesentliche vorübergehend *verstanden*. Und vielleicht ist das die Einsicht, zu der sie mir verholfen hat: dass ich unrecht hatte. Unrecht, wenn ich tage-, wochen-, monatelang an den Kühlschrank gelehnt Bücher las, in der Hoffnung, meine eigenen Konturen zu finden. Das ist, was ich einsah: dass man diese Konturen nie findet, sondern immer nur *spürt*, wenn man jemanden ganz nah an sich heranlässt.

Und das ist der Witz, versteht ihr? Dass du am Rechthaben immer so verflucht *nah* dran bist. So nah, dass du es vielleicht erst sehen kannst, wenn du die Augen schließt, aber das traust du dich erst, wenn du deine verdammte Angst endlich mal ablegst. Ich weiß, all das klingt wie ein Song aus den Top 50, aber es ist wirklich so. Fragt ruhig den Widerling.

Das Problem war, dass Frida wieder ging. Menschen gehen häufig weg, ohne was zu sagen. Lustig ist das. In Fridas Fall lief das so: Nach jeder Vorlesung fragte ich sie, was sie vorhabe, und dann sagte sie: »Echt keine Ahnung, und *du*?« Ich antwortete dann, sie könne es sich sicher nicht vorstellen, aber ich hätte *noch* weniger Ahnung als sie. So kann man übrigens auch überprüfen, ob man an heftiger Verliebtheit leidet: Dir gehen auf einmal *all* deine Ideen aus.

Nachdem wir festgestellt hatten, dass wir beide wirklich so gar keine Ahnung hatten, was wir tun könnten, setzten wir uns an eine Gracht. Das machten wir immer so: an der Gracht sitzen, und ich erzählte dann so lange Witze, bis Frida Bauchschmerzen bekam. Im Großen und Ganzen war mein Ziel, dass Frida rief: »Hör auf, mein Bauch!« Und daraufhin *machte* ich *weiter*, versteht ihr? Das war das Allerschönste: Wenn Frida an der Gracht lag, fast hineinrollte, und ich einfach *weitermachte*.

Währenddessen drehte sie unglaublich viele Kippen und sagte hin und wieder: »Eigentlich rauche ich ja gar nicht.« »Ich auch nicht, überhaupt nicht«, behauptete ich dann und bat sie, mir auch eine zu drehen. Nach ein bis zwei Stunden fragte sie dann: »Mal ehrlich, Sofiechen, wie geht es dir wirklich?« Na, und dann erzählte ich ihr alles. Von dem Stechen in meiner Brust, und ob ich gerade schlucken konnte oder nicht, und darüber, dass ich jemand Großes werden wollte, was wahrscheinlich doch nie klappen würde. Und plötzlich war es mir gar nicht mehr so wichtig, versteht ihr?

Danach gingen wir zum Gemüseladen, und ich blieb zum Essen. Da war ich dann diejenige, die Bauchschmerzen bekam, weil es so lange dauerte. »*Eigentlich* muss ich jetzt nach Hause«, sagte ich immer irgendwann. »Ich weiß«, antwortete sie, »aber *eigentlich* kannst du auch hier übernachten.« An keinem einzigen Abend habe ich dieses Angebot abgelehnt, das Blöde war nur: Es gab auch keine einzige Nacht, in der ich nicht kurz vor dem Einschlafen spürte, dass das hier endlich war. Das ist auf jeden Fall und zweifellos das Allerblödeste an mir: dass ich dem ganzen Zauber nicht *traue*. Wisst ihr, was das Ding ist mit der Liebe? Du musst dem ganzen *Prozess* trauen. Nicht nur dem Anfang, nicht nur dem Ende – dem *ganzen* verfluchten Prozess. Aber das konnte ich nicht.

Wer sich lange genug mit dem Ende beschäftigt, knallt von ganz alleine dagegen. Ich war nämlich so blöd und nahm Frida mit zu einem Jazzkonzert, obwohl ich Jazz noch nicht einmal mag, und dort warf sie ein Auge auf den Pianisten. Könnt ihr das glauben? Den Pianisten. Weil Frida und ich immer nur an dieser Gracht saßen und wirklich nirgendwo hingingen außer zum Gemüseladen, hatte ich mir überlegt, dass es eine gute Idee wäre, mal was anderes zu unternehmen mit ihr. Ich sag's euch: Wenn man dann endlich mal eine Idee hat in seinem albernen, verliebten Kopf, hat das oft katastrophale Folgen.

Ehe ich mich versah, hatte ich ihn am Hals: Arthur. Arthur, der Jazzpianist, der zu fast allem, was man ihm erzählte, nur »*wow*, krass« sagte. Nach der Vorlesung war plötzlich keine Spur mehr von Frida, denn Arthur hatte sie schon mit seinem Lastenrad abgeholt. Arthurs rot lackiertes Lastenrad: Nur zu gerne hätte ich es in die Gracht geschmissen. Und das Schlimme war, dass ich blieb. Manchmal muss man echt wissen, wenn ein Rückzug angebracht ist, aber ich schaffte es einfach nicht.

Deshalb bestanden meine Tage bald aus: Arthur, Arthur, Arthur. In Arthurs Welt gab es nämlich nur sehr wenige Menschen. Eigentlich vor allem Arthur. Frida lief auch ab und zu durchs Bild, fungierte aber nur als Spiegel. Noch mehr Arthur, dachte Arthur wahrscheinlich, wenn er Frida ansah. Echte Ekelpakete sind das: Menschen, die in anderen Menschen nur Spiegel sehen.

Und genau das macht es so kompliziert, von Frida zu erzählen. Du denkst, dass du von *ihr* erzählst, aber eigentlich erzählst du nur zum hundertsten Mal von dir selbst. Ziemlich peinlich, wenn man mal so darüber nachdenkt.

»Halt mich nicht für ein Manic Pixie Dream Girl«,

sagte sie mal zu mir. Doch *exakt* so sah ich sie. Ein Manic Pixie Dream Girl ist eine junge, hübsche Frau ohne eigene Wünsche, die nur existiert, um den männlichen Hauptdarsteller von seiner Deprimiertheit abzulenken. Das, und damit er ein paar Lebensweisheiten aufschnappt. Kate Winslet in *The Eternal Sunshine of the Spotless Mind* ist ein gutes Beispiel dafür. Oder Frida in *Die Geschichte meiner Sexualität* von Sofie Lakmaker.

Nachdem Frida und Arthur zusammenkamen, schlief ich nicht mehr in ihrem Bett. Arthur und Frida wollten nämlich *Sex* haben. Das finde ich echt Unsinn. Sich in ein Bett zu legen, um *Sex* zu haben. Einen Preis für Originalität verdienen sie nicht, die Heteros.

Weil ich nicht mehr in Fridas Bett liegen konnte, schlief ich abwechselnd bei einer ihrer zwei besten Freundinnen. Wenn man nicht mehr bei jemandem im Bett liegt, aus dem einfachen Grund, dass da besagtes Mädchen mit ihrem Freund liegt, um *Sex* zu haben, ist eigentlich doch der Moment gekommen, an dem man die Einschläge merken sollte. Dass man chancenlos ist – das könnte man eventuell einsehen. Aber ich merkte nicht so viele Einschläge damals. Ich war damals schlichtweg nicht so intelligent. Verliebte Menschen *sind* ja nun mal oft nicht so intelligent.

Verliebte Menschen sind vor allem mit der Welt beschäftigt, und wenn sie an die für so ungefähr drei Sekunden gedacht haben, kommen sie zu dem Schluss, dass sie bestimmt nie untergehen wird. Dann drehen sie sich um und schlafen weiter. Sie schlafen unglaublich tief und fest, verliebte Menschen. Echte Trottel. Verliebte

Menschen sind Trottel, weil sie ständig vergessen, dass all die Farben, die sie plötzlich sehen, nicht der *Welt* entspringen, sondern nur ihrem eigenen vertrottelten Kopf. Meinetwegen dürft ihr es ihnen ruhig sagen. Sie werden es eh nicht glauben – dafür sind sie zu vertrottelt.

Meiner Meinung nach hatten Loesje und Lotti den deutlich besseren Durchblick. Loesje und Lotti: So hießen die Freundinnen, mit denen Frida zusammenwohnte. Sie gaben mir manchmal Ohropax, damit ich Fridas Gestöhne nicht hören musste. Und morgens, während Frida und Arthur noch im Bett lagen, bekam ich ein köstliches Frühstück serviert. Eigentlich habe ich mit Loesje und Lotti in jener Zeit mehr gesprochen als mit Frida. Ziemlich nette Frauen waren das. Aber nach einer Weile gingen auch *sie* Beziehungen ein, und dann kam ich mir in der Wohnung ein bisschen vor wie bei der »Reise nach Jerusalem«. Man wusste nie, in welchem Bett man würde schlafen können.

Ob ihr's glaubt oder nicht, Loesje fing was mit Dennis an. Komischerweise erzählte er trotzdem immer weiter diese eine Geschichte aus Den Haag. Manche Leute haben echt nur eine einzige Geschichte. Die erzählen sie dann morgens beim Frühstück, und wenn es Zeit fürs Mittagessen wird, fangen sie einfach wieder von vorne an. Lotti bandelte mit einem älteren Künstler an, der entsetzlich viele Geschlechtskrankheiten mitbrachte. Wir hatten alle echt ein bisschen Angst vor ihm. Außerdem war er einer dieser Künstler, der seine Tage damit füllte zu sagen, dass er Künstler ist. Den Rest der Zeit glotzte er auf sein Handy.

Oder er kratzte sich. Könnt ihr euch das vorstellen? Am einen Ende des Tisches ein Junge, der ständig über Kacke spricht, am anderen ein sich kratzender Künstler. Und gerade, wenn du dachtest, das reicht jetzt, wachte Arthur auf. Wir nahmen alle die Beine in die Hand, wenn wir ihn aus dem Bett poltern hörten. Denn Arthur war so jemand, der sich *todsicher* war, dass die Welt auf ihn gewartet hatte. So eine Annahme ist entsetzlich schwer zu entkräften, und es ist uns nie ganz gelungen.

Wenn er in den Raum kam, küsste er alle reihum. Sogar Harry, den Ekligen Künstler, küsste er einfach. Dann legte er den Soundtrack von *Türkische Früchte* auf, mit Musik von Toots Thielemans. In Loesjes, Fridas und Lottis Haushalt stammte nämlich alles aus den Siebzigern, weil Glück damals noch etwas Alltägliches gewesen war. Und in dieser WG war Glück immer noch etwas Alltägliches. Das Verrückte war bloß, dass es mir nie so ganz gelang, das Glück zu berühren, wisst ihr? Wenn dieser Jingle von *Türkische Früchte* erklang, dachten die anderen an ein rothaariges Mädchen, das hinten bei jemandem aufs Fahrrad springt. Ich dagegen dachte nur an den metastasierten Krebs, an dem das Mädchen später stirbt.

Na, und wenn Arthur dann *seine* Musik angemacht hatte, konnte er mit *seinem* Frühstück beginnen. Während er damit beschäftigt war, schossen alle wie der Blitz aus den Startlöchern. Die Kunst bestand darin, das Wohnzimmer verlassen zu haben, bevor er sich von der Arbeitsplatte umwandte. Eine Art »Eins, zwei, drei, vier, Ochs am Berg«. Loesje flüchtete meist in die Unibib. Da arbeitete sie seit Jahren an der Konzeption ihrer Abschlussarbeit. Manchmal frage ich mich, wie viele Abschlussarbeiten in der Unibib tatsächlich geschrieben werden. Die Leute, die ich da getroffen habe, taten eigentlich nie etwas. Nicht *wirklich*, jedenfalls. Das Einzige, was sie taten, war Kaffee trinken, um sich auf die Vorbereitung der tatsächlichen Aktivität vorzubereiten – etwa das Verfassen einer Abschlussarbeit. Und wisst ihr, was der Witz ist? Ein Studium soll doch auf das *echte* Leben vorbereiten. Wenn du wirklich wahnsinnig dringend vor dem Leben wegrennen möchtest, solltest du in die Unibib gehen.

Während Loesje in die Bib ging, machte Lotte sich meist auf zum Strand. Das ist eigentlich dasselbe wie die Bib, nur mit mehr frischer Luft. Harry, der Eklige Künstler, legte sich oft einfach wieder ins Bett. Und was Dennis tat, wusste niemand. Wahrscheinlich seine Erzählkünste perfektionieren. Wenn ich jetzt so darüber nachdenke, war Dennis womöglich der Produktivste von uns allen. Ich war nämlich die Einzige, die außer Frida blöd genug war, nicht davonzulaufen, sodass ich immer wieder aufs Neue bei Arthur und seinem unvergleichlichen Glück festsaß. In solchen Momenten sah ich einfach nur Frida an und versuchte, synchron mit ihr zu nicken. Solltest du Arthur je begegnen: einfach nicken und langsam, aber sicher so lautlos wie möglich rückwärtsgehen. Wenn du Glück hast, merkt er gar nicht, dass du irgendwann verschwunden bist.

Harry, o ja, Harry. Wisst ihr, was er sich einfing? Die Krätze. Fragt mich bloß nicht, *wie*. Das ist eine Frage, die wir uns hunderte Male gestellt haben, aber irgendwann gibt man es einfach auf. Vielleicht ist er mit einer Frau aus der Antike oder einem südamerikanischen Straßenköter fremdgegangen – alles möglich. Wenn du Krätze hast, leben Milben unter deiner Haut. Da graben sie dann Gänge und paaren sich. Kannst du dir das vorstellen? Unter Harrys Haut verliefen *Gänge*.

Also, verliebte Menschen mögen zwar Trottel sein, aber so trottelig, dass ich auch nur noch einen Fuß in diese Wohnung gesetzt hätte, war ich zum Glück nicht. *Alle* kriegten die Krätze: Dennis, Frida und Lotte natürlich, alle. Meine Mutter drehte völlig durch, als sie hörte, dass es mich auch erwischt haben könnte. Sie hat mich mit einem Geschirrtuch gehauen. Also, das hilft natürlich überhaupt nicht gegen Krätze. Im schlimmsten Fall kriegt das Geschirrtuch sie dann ebenfalls. Das habe ich ihr gesagt, aber sie brüllte einfach immer weiter, dass ich »abstoßend« sei. Wenn Leute dich echt superabstoßend finden, hauen sie dich mit einem Geschirrtuch.

Ein paar Monate später fuhr ich mit den Verseuchten zu einem Filmfestival nach Italien. Da wurden ausschließlich experimentelle Filme gezeigt, weshalb ich die ganze Woche nicht aus meinem Zelt gekommen bin. Es klingt vielleicht ein bisschen lame, aber ich kann mit experimentellen Filmen *nichts anfangen*. Ich habe noch nie so recht verstanden, warum Leute mit einer Neigung zum Experimentieren sich auf die Künste stürzen. Wenn du gerne zuguckst, wie Dinge schiefgehen, solltest du meiner Meinung nach eher in einem Krankenhaus arbeiten.

Menschen aus der experimentellen Filmszene werden darauf sicher antworten, dass es ja auch manchmal gut geht, aber das stimmt leider nicht. Leider wird das Wort »experimentell« wohlüberlegt eingesetzt, und zwar nur für missglückte Experimente. Gelungene Experimente nennen wir nämlich »gute Filme«.

In der Woche trennte sich Frida von Arthur, mit der Folge, dass Arthur die ganze Zeit heulend bei mir im Zelt saß. Zwischen den Schluchzern ließ er mich an seinen Erkenntnissen über die Liebe teilhaben. Wisst ihr, was er sagte? Dass die Liebe ein *Garten* sei, in dem man selbst entscheiden könne, welche Blumen man pflücke. Schau, mit solchen Ideen sollte man mich nicht allzu lange belästigen. Erst nicke ich noch geduldig, aber irgendwann ziehe ich einfach einen der Heringe aus dem Boden. Und dann geht es *rund*.

Ich tat also Folgendes: Ich gähnte superlang, also echt irre lang, in der Hoffnung, ein bestimmtes Signal auszusenden. Aber Arthur *sah* die Leute, mit denen er sprach, eben nie, und deshalb brachte das nichts. Also sagte ich, dass es eine Welt voller gebrochener und eine voller ganzer Herzen gebe. »Das sind zwei wunderbare Welten«, sagte ich. »Leider gibt es aber auch noch eine dritte: die des Herzens, das niemand sieht. Das Herz, das alle mit Füßen treten, nur weil es ein *lesbisches* Herz ist.«

Und ich war noch lange nicht fertig. »Diesem Herz wird von niemandem Beachtung geschenkt«, schrie ich. Wenn ich richtig sauer bin, verwende ich oft große Ausdrücke wie »Beachtung schenken«. Ich brüllte: »Diesem Herz wird von *niemandem* Beachtung geschenkt, weil ihr alle nur ein einziges Hobby habt, und das ist, uns *nicht* zu sehen, egal, wie herzlich ihr uns begrüßt. Schwule zusammenschlagen: wunderbar. Aber Lesben? Kommt nicht infrage. Wer schlägt uns zusammen?« Das brüllte ich immer wieder: »Wer schlägt uns zusammen? Wo bleiben unsere Prügel?« Irgendwann schimpfte ich sogar auf Englisch weiter, obwohl ich das nicht mal gut kann. »*The lesbians – do they even* exist *when no one is watching?*«, rief ich. Mein Gott, war ich wütend. Bin ich eigentlich immer noch.

Arthur fing daraufhin wieder an zu weinen, und weil ich aus so unglaublich billigem Furnier geschnitzt bin, wollte ich ihn sogar trösten. Was allerdings nicht klappte, denn ich fiel um. Während meiner ganzen Tirade hatte ich nämlich im Schlafsack dagestanden. Ich besaß so einen Schlafsack, aus dem man die Arme rausstrecken konnte. Arthur heulte einfach weiter, und ich lag in meinem Schlafsack neben ihm auf dem Boden. Und so endete es auch zwischen mir und Frida: im Durcheinander. Das hat meine Mutter mal gesagt: »Die Liebe wird *immer* ein Durcheinander.«

Hier steckt kein Roman drin

Lange Zeit ging mir mein Verlag mit der Bitte auf die Nerven, ich möge doch etwas über die Reise schreiben, die ich mit achtzehn gemacht habe. Mein Verlag ging mir insgesamt recht viel auf die Nerven, wenn ich ehrlich sein soll. Sie wollen immer, dass du einen *Roman* schreibst. So was zeugt von einem Mangel an Originalität, finde ich. Deshalb ging ich einfach nicht ran, wenn meine Lektorin mal wieder anrief. Nach einer Weile fing sie an, ihre Rufnummer zu unterdrücken, aber dann weiß man natürlich gleich, wer es ist. Die Leute im Verlagswesen sind wirklich nicht die Hellsten.

Wisst ihr, was sie immer über die Reise sagten, die ich mit achtzehn gemacht habe? »Da steckt ein Roman drin.« Es ist nicht besonders nett, das zu sagen, aber: Bei *meinem* Verlag behaupten sie das von so ziemlich allem. Du rutschst auf einer Bananenschale aus, und schon rufen sie dich wieder an. Das würde mich übrigens wirklich interessieren – ein Roman über jemanden, der auf einer Bananenschale ausrutscht. Meines Erachtens passiert das nur sehr wenigen Menschen.

Weil sie bei meinem Verlag so vernarrt in diesen einen Satz waren, kam ich auf eine Idee: Ich werde lauter kleine Tresore kaufen, in die exakt ein Roman passt. Die verteile ich an die Angestellten, und dann können sie ohne weitere Folgen ihren geliebten Satz aussprechen: »Da steckt ein Roman drin.« Für solche Ideen kann mein Verlag mich jederzeit gerne anrufen.

Wie dem auch sei, die Reise, die ich mit achtzehn machte, war ziemlich merkwürdig. Ich wollte mit dem Fahrrad durch Europa radeln. Deshalb hatte mir der Widerling damals in die Waden gekniffen, wisst ihr noch? Auf dem Fahrrad sitzend, wollte ich dann einen wahnsinnig guten Gedichtband schreiben. Hier kommt das schönste Gedicht, das ich mit achtzehn geschrieben habe:

Ich würde so gerne müde sein
von all dem, was ich unterlassen habe,
und in einen tiefen Schlaf fallen,
um nicht mehr deshalb wach zu liegen.

Das Gedicht hieß »Müde«, und um ehrlich zu sein, war ich das damals auch ein bisschen. Achtzehnjährige sind manchmal wirklich sehr müde. Einfach völlig erschöpft von der Distanz, die entstanden ist zwischen dem, was sie sein sollen, und dem, was sie im Kern – sind. Wegen dieser Art von Erschöpfung braucht ihr mit ihnen kein Mitleid zu haben. Achtzehnjährige sind kleine, niedliche Dullis. Wenn man sie lange genug rumflattern lässt, kommen sie immer wieder zurück, mit ein, zwei Flügeln weniger.

Ich werde euch auch nicht allzu lange damit langweilen. Mein Plan war zu verschwinden. Eigentlich kam das durch *Bagels & Beans*. Es kam durch die Woche, die auf meine Entlassung dort folgte, weil ich wirklich zu verträumt gewesen war, und in der ich mich nicht traute, meinen Eltern von der Kündigung zu erzählen, und deshalb in der Stadt rumradelte. In jener Woche *verschwand* ich einfach, wisst ihr? Genau das wollte ich noch einmal tun. Wegfahren und wiederkommen, wenn ich alle Erwartungen übertroffen hätte, versteht ihr?

Also kaufte ich ein TomTom-Navi und fuhr nach Groningen, um da einen Fahrradreparaturkurs zu machen. An eurer Stelle würde ich *nie* einen Fahrradreparaturkurs in Groningen machen. Auch nicht in Brabant oder im Osten des Landes. Ich würde es einfach lassen. Da sitzt man zwischen lauter Nullcheckern mit halb garen Vorstellungen. Halb gar ist echt das Stichwort. Man kriegt kaum was zu essen, und alle wollen sich ständig nur über Speichen unterhalten.

Trotzdem blieb mir ein Freund aus diesem Fahrradreparaturkurs erhalten. Er hieß Jack, und das Schöne an ihm war, dass er mit niemandem zusammenarbeiten wollte. Wir mussten da nämlich ständig *in der Gruppe* Speichen und Ketten austauschen. Na, da hatten sie die Rechnung ohne Jack gemacht. Am ersten Tag setzte ich mich neben ihn. »Tach, Mädel«, sagte er. Das fand ich auch lustig: dass er mich die ganze Zeit »Mädel« nannte. »Ich bin einfach ins kalte Wasser gesprungen, Mädel, und frag mich bloß nicht, ob ich je wieder rauskomme«, erzählte er mir irgendwann. Ich erkundigte mich, *wo* genau er denn da reingesprungen sei. »Ins Reparaturwesen«, antwortete er. Und fügte hinzu: »Ich mache einen individuellen Trauerprozess durch.«

Dafür dürft ihr mich jederzeit wecken: Leute mit individuellem Trauerprozess. Den Rest der Woche bin ich Jack nicht mehr von der Seite gewichen. Einfach, um ein bisschen in der Nähe zu sein, ihr wisst schon. Ab und an hätte ich ihn gerne gestreichelt, seinen behaarten, gebeugten Rücken, aber dann fiel mir wieder ein, dass sein Trauerprozess individuell war. Das ist das Besondere an Menschen mit großer Trauer: Sie sehen niemanden außer sich selbst. Und vielleicht ein paar Speichen.

Am Tag, bevor ich losradelte, überlegte ich mir Folgendes: Wie zum Teufel sollte ich einen Gedichtband schreiben, wenn ich die ganze Zeit auf dem Rad sitze? Ich war echt ganz schön helle mit achtzehn. Und so warf ich meinen kompletten Plan über den Haufen.

Wildcampen in Frankreich, das wollte ich. Wildcampen und Selbstversorger sein. Rückblickend hatte ich wohl ein wenig zu oft *Into the Wild* geschaut. Tut das lieber nicht. In *Into the Wild* sieht man, wie ein Junge sich selbst versorgt. Das läuft so weit super, bis er eine falsche Beere isst und stirbt. Wenn man achtzehn ist und dumm genug, denkt man: einfach nicht diese eine Beere essen. Das ist echt die Lektion, die du da lernst, in dem Alter.

Als der Junge mal wieder an einem atemberaubenden Strand sitzt, kommt er zu einer Einsicht: »Ich hab mal irgendwo gelesen, dass es im Leben nicht wichtig ist, stark zu *sein*, sondern sich stark zu *fühlen*. Dass man wenigstens ein Mal bis an seine Grenzen gehen soll.« Das also hatte ich vor: ein Mal bis an meine Grenzen gehen. Wisst ihr, wie das endete? Katastrophal. Ich landete auf einem ausgestorbenen Naturcampingplatz, denn Wildcampen ist in Südfrankreich gar nicht erlaubt.

Dort regnete es *pausenlos*. Es schüttete wirklich rund um die Uhr. Alles wurde klatschnass, weshalb ich nach ein paar Tagen mehr oder weniger auf meiner Isomatte durch mein Zelt *trieb*. Sie verwandelte sich in eine Art Floß, und auf diesem Floß lag ich und dachte nach. Darüber, dass ich alle angelogen hatte, denn ich hatte mich nicht getraut, ihnen von meiner Planänderung zu erzählen. Alle glaubten, ich sei mit dem Rad unterwegs. Erst einen Monat später habe ich eine Nachricht in die Welt rausgeschickt, dass die Radtour bei näherer Betrachtung doch ein bisschen zu viel für meine Oberschenkel gewesen sei. Dabei ging es meinen Oberschenkeln bestens, wisst ihr? Manchmal bricht man sich ganz unnötig einen ab, nur um zu verschwinden.

Tatsächlich ist das mein einziger Versuch gewesen, ein Genie zu werden, und der endete so: auf einer Isomatte in meinem Einpersonenzelt treibend. Und als wäre das noch nicht schlimm genug, traf ich in Südfrankreich auch noch meinen genialsten Freund: Felix. Felix und ich kennen uns aus dem Gymnasium, wo wir ganz genau ein Hobby hatten: einander zu verbessern. Das Schlimme war nur, dass Felix intelligenter war als ich, deshalb verbesserte im Grunde nur er mich.

Wenn es nach Felix ging, durfte man lediglich in Hypothesen denken, und die mussten dann bestätigt oder

verworfen werden. Davon wird man echt völlig bescheuert. Ich wollte einfach nur quatschen, wisst ihr, so,
wie ich mit euch quatsche. Für Felix dagegen zählte nur
das Rechthaben. Später habe ich dann verstanden, dass
Rechthaben relativ ist. Damals aber wollte ich es einfach
haben.

Felix wohnte in Aix-en-Provence, wo er Romanistik
und Philosophie studierte. Seine Aussprache war grässlich, seine Grammatik jedoch perfekt, weshalb die Fran-
zosen ihn ziemlich komisch ansahen. Na, meine Aussprache war *der Hammer*, aber ich sprach kein einziges
Wort Französisch, und so kamen wir zusammen nicht
besonders weit. Nach einer Weile verabredeten wir uns
deshalb nur noch in den Bergen, wo wir mit unseren
Hypothesen allein waren.

Auf einer unserer Wanderungen fing Felix wieder an,
mich zu verbessern, und die Verbesserung mündete in
eine ewig lange Erklärung. Eigentlich reichten drei Minuten in Felix' Nähe, und schon begann er, irgendwas
zu erklären. Diesen Erklärungen konnte man so gut wie
nie folgen, und obendrein ging er auch noch furchtbar
schnell. Je tiefer er in seinen Erläuterungen versank,
desto schneller ging er. Während ich hinter ihm *herstol-
perte* und ihm nachrief.

Felix verlor sich nämlich so in seinen Erklärungen,
dass er mitten auf der Straße lief. Daraufhin fingen wir
an, über Folgendes zu diskutieren: ob man sich in Kur-
ven besser am linken oder am rechten Straßenrand hält.
Bei den meisten Leuten endet so ein Gespräch mit links
oder rechts. Aber das Ding mit Felix war, dass man nach

einer Weile *zu zweit* mitten auf der Straße lief, weil man vergessen hatte, worum es in dem Gespräch ursprünglich gegangen war, und sich stattdessen über *Räumlichkeit* ereiferte.

Wenig später wurde unser Gesprächsthema dann: der Kopf und seine Grenzen. Und wisst ihr, was er sagte? Er sagte, ich solle *Der Fänger im Roggen* lesen. Da stehe nämlich eine *superstarke* Passage – Passagen waren bei Felix immer *stark* – übers Studieren drin, die so ende: »Du wirst allmählich deine wahren Maße kennen lernen und deinen Geist entsprechend einkleiden.« So was stand da anscheinend. Dann fuhr er fort, über Erkenntnisse zu sprechen, und wie manche Erkenntnisse an einem kleben bleiben, während andere wie eine Schale von einem abfallen.

Ich muss das Buch immer noch lesen, *Der Fänger im Roggen*. Natürlich habe ich damit angefangen, das schon. Die erste Seite fand ich echt *superstark*, und auch ein bisschen mitleiderregend. Wisst ihr, was Salinger da schreibt? »Wenn ihr das wirklich hören wollt, dann wollt ihr wahrscheinlich als Erstes wissen, wo ich geboren bin und wie meine miese Kindheit war und was meine Eltern getan haben und so, bevor sie mich kriegten, und den ganzen David-Copperfield-Mist, aber eigentlich ist mir gar nicht danach, wenn ihr's genau wissen wollt.« Wie gesagt: diesen Satz fand ich *superstark*, aber eben auch ein bisschen mitleiderregend. Ich hatte Mitleid mit David Copperfield, versteht ihr? Mir ist klar, dass das nur ein Roman ist und eine Romanfigur, doch auf die sollte man trotzdem Rücksicht nehmen, finde ich.

Nach diesem Satz hätte ich David Copperfield gerne angerufen. Ich wollte ihn anrufen, um ihm zu sagen, dass mich sehr wohl interessiert, wo er geboren wurde und wie seine Kindheit war und was seine Eltern taten, bevor sie ihn kriegten. Davon habe ich euch übrigens auch nicht wirklich viel erzählt – von all diesen Dingen.

Also, ich wurde im Slotervaart-Krankenhaus in Amsterdam-West geboren, nachdem sich die Hebamme bei uns zu Hause ziemlich seltsam und distanziert verhalten hatte. Meine Mutter wollte nämlich gerne wissen, ob sie ihr Kind jetzt in ihrem Bett bekommen dürfe oder ins Krankenhaus müsse, aber auf diese Frage wollte die Hebamme nicht antworten. »Dazu bin ich nicht hier«, sagte sie die ganze Zeit. Kleiner Tipp für Hebammen: *Genau* dazu seid ihr da.

Vielleicht ist das alles auch nicht so interessant. Vielleicht hatte Salinger einfach recht. Ich werde euch hier echt nicht erzählen, wie beispielsweise meine *miese* Kindheit war. Das würde *ewig* dauern. Ich wollte Justin Kluivert sein – das ist das Einzige, was ich euch darüber erzähle. Ich wollte jeden Tag und jede Stunde Tore mit der Pike schießen und so das Finale gewinnen. Dann wollte ich mein T-Shirt aus- und wieder anziehen, mit der falschen Seite nach vorne. Mehr wollte ich gar nicht.

Aber irgendwann geht das nicht mehr, denn dann kommen Kinder auf dem Schulhof zu dir und sagen, dass du dein Shirt anbehalten sollst. Sie sagen, dass du dein Shirt anbehalten sollst, weil du da irgendwann Brüste bekommen wirst. Obwohl du noch gar keine

Brüste *hast*. Das war meine miese Kindheit, und, abgesehen davon, werde ich euch darüber nichts erzählen.

So was passiert halt, wenn man mit Felix diskutiert, ob man am linken oder rechten Straßenrand gehen sollte. Ehe man sich's versieht, landet man bei irgendjemandes *mieser* Kindheit. Lustigerweise hatte ich mich vor den Wanderungen mit Felix auch gerade für Philosophie eingeschrieben. Und gleich danach habe ich mich wieder ausgeschrieben. Es ist genauso wie mit Kluivert, wisst ihr? Er ist der Echte, dachte ich, und ich nicht.

Echtheit: ein Thema, das *wahre* Genies oft übersehen. Sogar Salinger hat es übersehen. Ich finde nämlich, dass das mit der Schale stimmt: Manchmal bleiben Erkenntnisse an dir kleben, und manchmal fallen sie von dir ab, das ist wirklich so. Und doch fühlt es sich nicht ganz richtig an. Denn wenn Leute einen nur oft genug verbessern, sei es bei einem Shirt oder bei einer Hypothese, verliert man vielleicht den Einfluss darauf, welche Schale *wirklich* zu einem gehört und welche nicht. Das haben *die anderen* dann schon entschieden, versteht ihr?

Weil mich Felix und seine Hypothesen ziemlich ermüdeten, bin ich per Anhalter weitergereist. Ich bin durch Italien getrampt, und davon kann ich euch nur abraten. Da hält nämlich *niemand*, absolut niemand an, und nach ungefähr drei Stunden kommt mal jemand vorbei, sagt: »Nie bei Rumänen einsteigen«, und fährt weiter. Und wisst ihr, was der Witz war? Am Ende bin ich durch halb Italien gereist, weil mich Rumänen mitnahmen. *Immer* bei Rumänen einsteigen, würde ich sagen. Und nie bei Italienern. Ich bin nämlich nur einmal bei einem Italiener eingestiegen, und der fing nach fünf Minuten an, mein Bein zu streicheln. Woraufhin ich bei *voller Fahrt* die Tür aufriss und mit meinem Rucksack aus seinem Auto hechtete.

Ein paar Stunden lang habe ich am Straßenrand in der prallen Sonne gesessen. Wenn man trampt, sollte man immer an den großen Straßen bleiben. Aber der Mann war natürlich gleich in so eine kleine Bergstraße eingebogen, und da saß ich dann. Nach einer Weile fiel mir mein TomTom ein, denn das hatte ich immer noch bei mir. Es klingt vielleicht ein bisschen doof, doch ich stellte es auf Rom ein. Ich war noch ziemlich weit im Norden, ungefähr auf der Höhe von Pisa, aber wenn man nur noch eine halb leere Wasserflasche hat und auf den schmelzenden Asphalt einer italienischen Bergstraße starrt, kommt man auf die merkwürdigsten Ideen. Außerdem sollte man nicht zu lange in Amsterdam wohnen. Denn dann fängt man an, sich einzubilden, dass man *überallhin* ungefähr zwanzig Minuten braucht.

Es dämmerte schon, als mich endlich fünf Fischer indischer Herkunft in einem Mini Cooper mitnahmen. Für diejenigen, die noch nie in einem Mini Cooper gesessen haben: Es passen da vier *dünne* Menschen rein. Und keine Fische. Steckt bitte keine Fische in einen Mini Cooper, erst recht nicht, wenn sie nicht mehr leben: *Alle Insassen* riechen sonst später danach.

In Rom angekommen, erkannte ich nichts vom letzten Mal wieder. Bei meinem ersten Rom-Besuch habe ich nämlich nur in einem Bus gesessen. Nicht so ein Bus, der herumfährt und dich an allen alten Gebäuden vorbeikarrt, sondern einfach – ein geparkter Bus. Es war eine Klassenfahrt im Gymnasium, und irgendwann wollten mich die Lehrer wieder nach Hause schicken. Dafür hatten sie jedoch nicht genug Geld, weswegen sie mich in diesen Bus gesperrt haben. Meine Eltern verstanden später gar nicht, warum ich all meine Fotos durch eine Glasscheibe gemacht hatte.

Wisst ihr, was passiert war? Ich war im Hostel sehr oft in andere Zimmer geschlichen. Einfach aus Spaß an der Freude. Ich hatte keine geheime Agenda dabei. Aber irgendwann landete ich in Felicitys Zimmer, und Felicity war wirklich ein offenes Buch. Als ich mich auf ihrem Bett niederließ, erzählte sie mir strahlend, dass mich alle Mädchen für ein Fake-Mädchen hielten. »Du ziehst zu oft die Nase hoch und fluchst auch viel zu viel«, meinte sie.

Wenn jemand so etwas zu mir sagt, will ich erst recht die Nase hochziehen und der Person alle möglichen Flüche um die Ohren hauen. Aber das *ging* da eben nicht mehr. Deshalb bin ich dann ein bisschen traurig durch das Hostel gestreunt. Ich hatte völlig vergessen, dass wir das nicht durften. Ich zählte einfach anhand der Zimmernummern zusammen, wie viele Mädchen mich für ein Fake-Mädchen hielten. Dabei verzählte ich mich und betrachtete stattdessen meine schlurfenden Fake-Füße.

Ich war gerade völlig vertieft in das Studium meines rechten großen Zehs, als Frau Venusheuvel den Flur entlanggestürmt kam. »Jetzt reicht's aber, verdammt noch mal«, sagte sie und packte mich am Nackenfell. Sie setzte mich auf einen Stuhl in ihrem Zimmer und ging du-

schen. Na, da hätte ich mich fast übergeben. Frau Venusheuvel hatte nämlich ihre Unterwäsche vom Vortag über
den Stuhl gegenüber gehängt, und ich weiß, dass es blöd
ist, so was weiterzuerzählen, aber da war *unheimlich* viel
Ausfluss dran.

Es war schlicht nicht auszuhalten. Erst wurde mir
deshalb sehr schlecht, aber nach einer Weile kehrte einfach die Traurigkeit zurück. Als Frau Venusheuvel aus
dem Badezimmer zurückkam, sagte sie, dies sei meine
letzte Verwarnung. »Nächster Halt: Schiphol«, sagte sie.
Das klang in meinen Ohren nicht einmal so schlecht.
»Vielleicht könnten Sie mir einen Fake-Platz am Fake-
Gang geben«, hätte ich gern geantwortet.

Am nächsten Tag ging es dann schief. Ich war mit meinen Fake-Freundinnen an irgend so einer Fake-Piazza
was trinken, aber weil ich mich immer noch beschissen
fühlte, wollte ich früher gehen. Ich nahm mir ein Taxi,
doch das Blöde war: Ich wusste unsere Adresse nicht
mehr. Und obendrein stieg ich bei einem *Italiener* ein.
Die sprechen einfach kein Wort Englisch. Sodass wir
dann gut eine Stunde durch Rom gefahren sind.

Zu guter Letzt brachte er mich zurück zu der Piazza,
an der er mich aufgegabelt hatte, weil ich von dort aus
den Weg zu Fuß kannte. Die Mädchen waren da natürlich schon lange weg, denn echte Mädchen kommen immer pünktlich.

Gegen drei Uhr lief ich im Hostel ein und stieß direkt
auf Frau Venusheuvel. Und ich sah ihr einfach an, dass
sie auf ihrem Handy schon die Flüge gecheckt hatte,
wisst ihr? Wunderbar fand sie das. Erst hat sie mich zur

Strafe aber noch zweihundertmal dasselbe schreiben lassen. Ich erinnere mich nicht mal mehr an den Satz. Es stand jedenfalls nichts über Ausfluss oder die Adresse unseres Hostels drin. Die wirklich wichtigen Dinge bleiben bei Strafarbeiten immer außen vor.

Am nächsten Morgen bekam ich zu hören, dass es unserer Schule an den nötigen Mitteln fehle, um mich ins Flugzeug zu setzen. Und ich weiß, dass das im Nachhinein durchaus witzig ist, aber in dem Moment ließ es mich einfach nur kalt. Meinetwegen hätten sie mich ins Gefängnis stecken können an jenem Tag. Wenn man richtig traurig ist, ist man sowieso schon eingesperrt.

Das also waren meine Erinnerungen an Rom. Bestimmt versteht ihr, dass ich mich freute, in so einer Stadt nun auf freiem Fuß zu sein. Von *jedem* einzelnen Gebäude wollte ich ein Foto machen, um es meinen Eltern zu schicken. Doch zugleich wollte ich so schnell wie möglich wieder weg. Überall auf meiner Reise wollte ich so schnell wie möglich wieder weg. Das ist das Üble am Verschwinden – es *klappt* nie.

Es klappt nie, und vielleicht steckt hier gerade deshalb *kein* Roman drin. Man rast durch die Welt auf der Suche nach etwas von Bedeutung, auf der Suche nach Worten, die mit dieser Bedeutung übereinstimmen. Aber man findet nichts, und erst recht keine Worte. Reisen ist wirklich völlig sinnlos. Man findet nichts, auch nicht sich selbst, natürlich nicht sich selbst, denn dafür hat man es viel zu eilig. Das ist das Einzige, was ich auf meiner Reise fand: Eile und ein kleines bisschen Verzweiflung. Verzweiflung, weil ich dachte, dass mir alles zufliegen würde, wenn ich es nur gut genug in Worte fassen könnte. Aber es fliegt einem überhaupt nichts zu – selbst dann nicht, *wenn* man es schön aufschreibt.

Dullis, so Achtzehnjährige, ne? Von Rom bin ich mit dem Bus nach Prag gefahren. Währenddessen habe ich viermal nacheinander *Crazy, Stupid, Love* geguckt. Das finde ich echt einen netten Film. Die Frau neben mir wurde natürlich wahnsinnig, weil sie sich alle Mühe gab einzuschlafen und dann doch wieder Ryan Goslings grinsendes Gesicht auftauchte. Aber ich mag Ryan Goslings grinsendes Gesicht. Er sagt da ziemlich frauenfeindliche Sachen, und an dem Film selbst könnte man auch das eine oder andere kritisieren, aber manchmal möchte man ihn einfach sehen. Wisst ihr, welche Szene aus *Crazy, Stupid, Love* mir am besten gefällt? Die, in der Ryan Gosling sein Hemd auszieht und Emma Stone sagt: »Ist das dein Ernst? Du siehst aus wie *gephotoshopt*.« Das Problem ist, dass ich die Szene manchmal in Endlosschleife gucke. Das ist echt schlimm: Ich finde es beim vierzehnten Mal eher noch lustiger als beim ersten.

In Prag war dann halt tote Hose. Eigentlich konnte man dort nur ins Kafka-Museum gehen. Und das habe ich auch getan, vermutlich ungefähr vierzehnmal. Das Tolle an Kafka ist, dass er so todunglücklich war. Nicht, dass man das in dem Museum unbedingt gemerkt hätte, ne. Ich hatte das vorher irgendwo gelesen. Aber deshalb wurde ich in dem Museum immer wieder so sauer. Alle liefen da schrecklich gut gelaunt rum, wahrscheinlich, weil sie ganz bald Essen gehen würden. Menschen beschäftigen sich in Museen ausschließlich mit dem *Da-*

nach. Das konnte ich einfach nicht ertragen – nicht in diesem Museum. Vielleicht, weil Franz Kafka exakt demselben Irrtum erlegen war wie ich: dass ihm alles zufliegen würde, wenn er nur schön genug beschriebe, woran es ihm fehlte. Meiner Meinung nach darf man an einem Ort für jemanden wie Kafka einfach nicht ans Mittagessen denken.

Wenn ich nicht im Kafka-Museum war, saß ich in meinem Zimmer. Das hatte ich von zwei kiffenden Frauen in einem Vorort gemietet. Und wisst ihr, was das Bemerkenswerte war? Sie *küssten* sich. Damals wusste ich nicht so genau, was ich davon halten sollte. Ich dachte zwar immer häufiger daran, aber es gelang mir nicht, den Gedanken *zu Ende* zu denken.

Das ist, glaube ich, das einzige Gedicht, das ich auf meiner Reise geschrieben habe: ein Liebesgedicht an eine atemberaubend schöne Frau, die ich in Prag auf der Terrasse eines Cafés hatte sitzen sehen. Ich weiß noch, dass ich sie auf die Wange küssen wollte. Das war alles, was ich wollte: ihr einen Kuss auf die Wange geben. Ich war zwar *neugierig* auf ihren Mund, aber es wollte mir einfach nicht gelingen, ihn mir vorzustellen. Bestimmt würde etwas *Furchtbares* geschehen, wenn ich auch nur in die Nähe ihres Mundes käme.

Wenig später landete ich in Krakau. Da machen sie die *ganze* Zeit Reklame für Auschwitz. Was dem Amsterdamer die Wallen sind, ist dem Krakauer Auschwitz. Ganz schön befremdlich, aber so ist es wirklich. Ich bin ziemlich reklameempfänglich, sodass ich mich nach ein paar Tagen tatsächlich angemeldet habe.

Ironischerweise sind in Auschwitz nur *Gruppen* zugelassen, und deshalb wurde ich einer Schulklasse zugeordnet. Es ist eine sehr sonderbare Erfahrung, mit einer polnischen Schulklasse nach Auschwitz zu fahren. Die Kinder daddelten die ganze Zeit an ihren Handys rum. Sie machten alle Selfies, ihr ahnt es schon, an dem Tor. In so einem Moment ist es fast schade, dass da nicht doch noch ein Nazi rumläuft, um den Leuten Disziplin beizubringen. Als wir in Birkenau ankamen, waren alle erschöpft und lehnten sich aneinander. Ein Junge lehnte sich sogar an mich, und da hatte ich dann doch die Schnauze voll.

Ich rannte einfach weg, dort in Birkenau. Ich lief so lange, bis die Kinder außer Sichtweite waren. Leider achtete ich nicht wirklich darauf, wohin ich lief, sodass ich mich verirrte. Ihr wisst das vielleicht nicht, aber Auschwitz-Birkenau ist sehr weitläufig. Es ist echt riesig, und mir kam es so vor, als müsste ich überallhin. Ich wollte alles ablaufen, weil ich nicht wusste, wo meine Familie mich würde *spüren* können. Ganz schön blöd, ich weiß, aber das *musste* einfach sein. Ich verbrannte mir dabei ziemlich doll den Nacken, weil ich mich beim Laufen die ganze Zeit nach vorn beugte, um bloß kein Stück auszulassen. Manchmal bin ich echt eine Idiotin. Aber ich weiß einfach nicht, wie man an so einem Ort *kein* Idiot sein kann.

Als ich echt nicht mehr wusste, wo ich war, habe ich mir meine Kopfhörer ins Ohr gesteckt und auf meinem iPod Bob Dylan angemacht. Wisst ihr, welches Lied ich anmachte? »Blowin' in the Wind«. Das schien mir ein sehr passendes Lied. Zumindest eine Minute lang. Dann habe ich mir die Kopfhörer wieder rausgerissen, weil ich einsah, dass selbst Bob Dylan hier natürlich nichts Vernünftiges zu sagen hatte. Die Leute tun immer so, als hätte Bob Dylan auf alles eine Antwort, aber das stimmt nicht. Bob Dylan ist echt nur ein beschränkter Mann. Außerdem sieht er inzwischen aus wie eine Schildkröte. Ich weiß, das hat eigentlich nicht allzu viel miteinander zu tun, und doch ist es so.

Als ich gerade versuchte, mir Bob Dylans Gesicht mit all seinen Falten vorzustellen, riss mich plötzlich eine Frau am Arm. Erst *brüllte* sie mich auf Polnisch an, dann gab sie mir durch Gesten zu verstehen, dass ich mitkommen solle. Sie war sicher nicht größer als einen Meter fünfzig, was mir entgegenkam, denn so konnte ich weiterhin auf den Boden gucken.

Halb Birkenau haben wir zusammen durchquert, bis wir zum Eingang kamen, wo sie sich auf einen Stuhl an den Toiletten setzte. Könnt ihr euch das vorstellen? Sie war die Toilettenfrau von Auschwitz. Bis heute denke ich oft an sie. Fast jeden Tag. Dann frage ich mich, ob heute wohl alle bezahlt haben oder ob ein paar polnische Schulkinder versucht haben, ungesehen an ihr vorbeizuschlüpfen. Das sind Dinge, die so schlimm sind, dass man sie sich nicht vorstellen mag, und doch passieren sie. Manche Dinge passieren einfach überall.

Bevor ich in Krakau in den Zug stieg, um diese gestörte Stadt zu verlassen, hat mich noch ein Mann zu küssen versucht. Davon habe ich ja noch gar nicht erzählt: von all den Männern, die versucht haben, mich zu

küssen. Völlig irrsinnig war das. Es ist komisch, *als Mädchen. Als Mädchen* auf Reisen. Niemand fragt dich, ob
du zufälligerweise Dichterin werden möchtest oder was
deine Lieblingsgeschichte von Kafka ist. Wirklich *niemand* stellt dir solche Fragen. Eigentlich müsste ich noch
mal ganz von vorne anfangen mit der Erzählung über
meine Reise, wenn ihr alles über die Männer hören
wollt, die mir derlei Fragen *nie* gestellt haben.

Es lief jedenfalls immer gleich ab: Ich schlief im Zug
ein. Wenn ich wach wurde, starrte mich das ganze Abteil
an. Eigentlich ist das echt nicht so schön zu erzählen.
Sie starren dich an, oder sie sprechen dich an, und einmal holte sich einer einen runter, während er mich an-
schaute. Das klingt jetzt natürlich, als sei das eine schlimmer als das andere, aber das ist es nicht. Es ist, genau
genommen, alles dasselbe, aber das entdeckt man erst
mit der Zeit.

Und irgendwann wird man dann gleichgültig. Du
wachst in so einem Abteil auf und denkst nur noch daran, dass du deinen Kafka-Sammelband rausholen solltest. Wisst ihr, warum? Weil Kafka nicht zurückblickt. Der
Mann kann erzählen wie kein Zweiter, aber was mir an
ihm am besten gefällt: Er blickte nie zurück.

Wenn du *als Mädchen* reist, lernst du überhaupt nichts
über die Welt. Du lernst bloß, dass du auf Blicke keinen
Einfluss hast. Lustigerweise weiß ich schon, dass einige
von euch jetzt sagen werden, dass ich übertreibe. Aber
das Schlimme ist: Ich übertreibe nicht. In allen Hostels
nahm ich bei Stockbetten das obere Bett, um den *Über-
blick* zu behalten. In jedem Zug setzte ich mich an den

Gang – um schnell wegzukommen. Und in jeder Straße starrte ich aufs gottverdammte Pflaster, um auf gar keinen Fall ein falsches *Signal* auszusenden. Dabei sieht das Pflaster dem von Amsterdam überall ziemlich ähnlich, wisst ihr? Du bist eigentlich für was anderes gekommen als für dieses dämliche Pflaster. Aber das ist eben, was du lernst, wenn du *als Mädchen* auf Reisen gehst.

Na, der Mann, der mich am Bahnhof von Krakau zu küssen versuchte, war nicht mal besonders schlimm. Er stand jeden Morgen im Hostel neben meinem Bett und fragte, was ich an dem Tag vorhätte. »Auschwitz«, antwortete ich dann, aber das hielt ihn nicht davon ab wiederzukommen. Wisst ihr, was er sagte? Er sagte, er wolle mich in Amsterdam besuchen. Da wurde ich auch echt bescheuert von: von all den Männern, die mir sagten, sie wollten mich *besuchen*. Wenn alle gekommen wären, hätte man hier ein neues Hostel bauen müssen, nur für die.

Das letzte Ziel meiner Reise war Schweden. Wildcampen ist da nämlich sehr wohl erlaubt, und so konnte ich es endlich tun: mich selbst versorgen und für Poesie empfänglich sein. Kleiner Tipp für Leute, die für Poesie empfänglich sein wollen: Geht nicht wildcampen. Niemals. Und erst recht nicht in Schweden. Wisst ihr, warum? Weil in dem Land allein das Brot einen Zehner kostet. Deshalb kauft man, wenn man blöd genug ist, ausschließlich Quark und Hüttenkäse, das ist minimal bezahlbarer.

Das Problem mit Quark und Hüttenkäse ist allerdings, dass man die kühlen muss. Das geht nicht beim

Wildcampen, und deshalb beschäftigt dich zu jeder Tages- und Nachtzeit eigentlich nur die eine Frage: ob deine Milchprodukte schon vergammelt sind. Gleichzeitig hast du einfach nur schreckliche Angst, ermordet zu werden. Da ist es ein Glück, dass es im Sommer in Schweden nicht dunkel wird. So kannst du ständig vor deinem Zelt sitzen, dich da ein bisschen mit Hüttenkäse rumschlagen und über deine sterblichen Überreste nachdenken.

Deshalb ging ich nach zweiundsiebzig Stunden – wenn es nicht dunkel wird, fängt man an, in Stunden zu denken – zum örtlichen Bahnhof zurück. Ich glaube, ich hatte noch nie solche Sehnsucht nach Amsterdam wie an jenem Abend. Irgendwann vermisst man einfach *alles*. Man vermisst die Kreuzungen, an denen die Vorfahrt unklar geregelt ist und sich deshalb alle beschimpfen. Man vermisst die Bänke an der Gracht, neben denen andere Leute einfach ihren Abfall haben liegen lassen, ohne dass irgendwer weiß, ob er je beseitigt werden wird. Irgendwann vermisst man sogar den *Kennedylaan*, wisst ihr?

Das Blöde war nur, dass ich nicht nach Hause konnte. Ich wollte zwar, aber ich war noch nicht sonderlich lange weg. Erst ein paar Monate. Dabei hatte ich mindestens ein halbes Jahr wegbleiben wollen. Aus diesem Grund – und es ist unglaublich blöd von mir, ich weiß – blieb ich in jenem Bahnhof. Da war überhaupt niemand, weder tagsüber noch nachts. Der Einzige, der manchmal vorbeikam, war Gustav, der Putzmann. Vielleicht der einzige Mann, über dessen Besuch in Amsterdam ich mich gefreut hätte. Er gab mir einfach ein Croissant und einen Becher Kaffee. Dann ging er wieder, und ich konnte mich wieder hinlegen. Schwedische Bahnhöfe haben Fußbodenheizung, also liegt es sich da sehr gut.

Ich hatte auch überhaupt keine Angst mehr, ermordet zu werden. Deine Welt wird enorm übersichtlich, wenn du in einem Provinzbahnhof lebst. Du weißt genau, wann der Zug kommt, und bist deshalb auch nicht wirklich gestresst – schließlich musst du ihn nicht kriegen. Ansonsten freust du dich auf Gustav. Wir wechselten auch nur sehr wenige Worte. Das finde ich das Netteste: wenn jemand dir schweigend eine Tasse Kaffee bringt und wieder geht. Den *interessiert* dann vielleicht, ob du Dichterin bist oder was deine Lieblingsgeschichte von Kafka ist – aber er belässt es einfach bei Kaffee. Das finde ich echt das Netteste. Und nach einer Weile vergisst du *selbst* manchmal kurz, dass du Dichterin bist. Und was du vielleicht alles versäumt haben könntest.

Gelber Dienstag

Ein Provinzbahnhof kann noch so beruhigend sein, nach ein paar Tagen hat man trotzdem genug von Croissants und Fußbodenheizung. Darum bin ich dann doch in einen der Züge gestiegen und nach Amsterdam zurückgefahren. Als ich ankam, setzte ich mich auf eine dieser Bänke mit Müll daneben, bei dem man nicht weiß, ob er jemals beseitigt wird. Ich hatte zu der Zeit wirklich schon sehr lange nicht mehr geschlafen. Und wenn man sehr lange nicht schläft, wird man ein bisschen sonderbar. Man kommt plötzlich auf *Ideen*. Bei mir war es die Idee, mich auf eine dieser Bänke zu legen und einfach abzuwarten, bis jemand käme und mich holte. Ich hoffte, dass mich jemand *rufen* würde, ihr wisst schon. So, wie wenn deine Eltern dich zum Abendessen rufen.

Wenn deine Eltern dich zum Abendessen rufen, trödelst du erst noch ein bisschen rum. Du kommst nie *sofort*. Genau darauf hatte ich Lust. Ich hatte Lust, dass mich jemand holen käme, ich mich aber erst noch ein bisschen *umständlich aufraffen* dürfte. Nur war ich leider so schrecklich müde, versteht ihr? Mir fielen immer wieder die Augen zu, und ich war schon fast weggedämmert, als ich plötzlich einen Knüppel an meinem Bauch spürte. Er schlug nicht – er stupste mich bloß kurz an. Kein Polizist, sondern einer dieser Nachbarschaftswächter. Was genau treibt *ihr* eigentlich, wollte ich ihn fragen. Ich habe nie ganz verstanden, was so eine Nachbarschaftswacht tut. Aber bei diesem Vertreter schien es für solche Fragen wenig Spielraum zu geben.

Er sagte mir, es gebe genug Hotels an der Lijnbaansgracht. »Und Auffangstellen«, fügte er hinzu. Na, da fing ich an zu heulen. Ich fing an, ihn *anzubrüllen*, wisst ihr? Ich brüllte, dass rund um diese Bank ja wohl schon genug Zeug läge, das beseitigt werden müsse, und dass ich genauso gut bleiben könne. Dann brüllte ich, dass niemand diese Stadt mehr liebe als ich. Wenn er wüsste, wie viele Generationen meiner Familie mütterlicherseits schon in Amsterdam gewohnt hätten. Ich erzählte ihm, wie oft sie umziehen mussten und wie schlecht die Wohnbedingungen damals waren. Das machte mich auf einmal *rasend*, versteht ihr? Ich erzählte ihm, dass die finanzielle Situation der Lakmakers sich erst mit dem Medizinstudium meines Opas gebessert habe und dass der ein furchtbar guter Allgemeinmediziner gewesen sei, sich jedoch letzten Endes erhängt habe, weil Auschwitz *jeden* einhole. Könnt ihr euch das vorstellen? Ich sagte dem Nachbarschaftswächter, dass Auschwitz *jeden* einholt.

Na, ich verstehe immer noch nicht, was Nachbarschaftswächter treiben, aber sie sind nicht sehr offen für Gespräche über Vernichtungslager in Polen und die Geschichte der Wohnverhältnisse in Amsterdam. Wisst ihr, was er tat? Er stupste mich einfach noch mal mit seinem Knüppel an und schob mich damit ein klein wenig zur Seite. »Echt jetzt?«, rief ich. Wenn mir wirklich gar nichts mehr einfällt, rufe ich das. »Echt jetzt?«, rief ich immer weiter und fiel dann beinahe in eine Gracht, weil wir beide fast nicht mehr die eigene Hand vor Augen sahen. Die Lijnbaansgracht ist sehr schlecht beleuchtet, und rund um die Bänke liegt wie gesagt einiges an Müll.

Dann ging ich zu Fenna. Ich hatte wirklich keine Lust, zu meinen Eltern nach Hause zurückzukehren, versteht ihr? Erst habe ich eine Weile vor Fennas Tür gesessen, und als meine Uhr endlich eine *christlichere* Zeit anzeigte, habe ich geklingelt. Aber Fenna war nicht da. Nur ihr Vater, und der hat mir einen Kaffee gemacht. Wisst ihr, was das Sympathische an Fennas Vater ist? Er kriegt auch so ein Stechen in der Brust, wenn er Angst hat. Das hat er mir mal erzählt. Wenn jemand einem so was erzählt, ist man bei dieser Person für den Rest des Lebens *sicher*. Deshalb habe ich ihm kurzerhand alles erzählt, von Aix-en-Provence bis Schweden.

Ich erzählte ihm, dass ich jetzt Russisch-Übersetzerin werden wolle und man mir alle Erzählungen von Tschechow und Turgenjew anvertrauen könne. Das war eine der Ideen, die mir *plötzlich* durch den Kopf schossen. Strahlend erzählte ich ihm das. Mir blieb kaum noch Zeit, einen Schluck von meinem Kaffee zu trinken. Auf einmal wollte ich ihm *alles* erzählen.

Er blieb eine ganze Weile still, Fennas Vater. Und wisst ihr, was er dann sagte? Er sagte, ich hätte einen *quirligen und empfindsamen* Geist. Und egal, wofür ich mich letztendlich entschiede, es würde alles gut werden. Ob ihr's glaubt oder nicht: Da musste ich schon wieder weinen, aber auf eine ganz andere Art als bei dem Nachbarschaftswächter. Ich weinte so, wie ich später bei Czarina weinen würde: leidenschaftlich und wegen allem. Und vor allem, weil alles gut werden würde. Auch *seinetwegen* weinte ich. Weil er dieses Stechen in der Brust hatte wie ich, und es ihn trotzdem noch gab. Es ist schwer zu erklären, aber damals war ich mir dessen nicht so sicher: dass es mich noch lange *geben* würde.

Wie ich schon sagte, wollte ich Fennas Vater auf einmal *alles* erzählen. Und das tat ich dann auch. Ich kannte Fenna schon seit dem Gymnasium, und noch halb unter Tränen erklärte ich ihm, dass Fenna die Einzige sei, bei der ich mich wirklich wohlfühle, weil Fenna einfach Fenna sei – und nichts anderes. Das sagte ich absolut nicht, um mich *einzuschleimen*. Ich meinte es so. Ich sagte, ich hätte *immer* danebengelegen, bei den Jungs und bei den Mädchen. Und dann erzählte ich ihm von den Jungs und von den Mädchen.

Ich begann mit den Mädchen und damit, dass ich ständig das Gefühl gehabt hätte, nicht zu ihnen zu gehören, wenn mal wieder eine dieser schrecklichen Schulpartys anstand. Vor jeder Party trafen wir uns zu viert: Fenna, Betsie, Zahra und ich. Zahra wurde beim Tag der offenen Tür immer nach vorne geschoben, weil sie irgendwo ganz entfernt einen Migrationshintergrund hatte und unsere Schule mit Multikulturalität punkten wollte. Dabei war das St.-Ignatius-Gymnasium überhaupt nicht multikulturell. In Wirklichkeit sogar extrem monokulturell, und wenn ihr mich fragt, war diese Kultur ziemlich erbärmlich – nämlich die von Philip de Koning.

Philip de Koning war echt so ein Junge, der die ganze Zeit »aber, äääh ...« sagte, wisst ihr? Er war einfach unglaublich. Im ersten Jahr hat er sogar noch eine ganze Weile auf mich eingeredet, um mich davon zu überzeugen, dass ich ausschließlich mit Leuten aus dem *richtigen* Teil von Amsterdam-Zuid verkehren solle. Könnt ihr euch das vorstellen? Dem richtigen *Teil* von Zuid. Hinter dem Olympiaplein geht Zuid nämlich noch weiter, aber da wohnt man zur *Miete*. Unglaublich.

Die Abende, an denen wir uns für eine Schulparty fertig machten, waren ziemlich unangenehm, weil Fenna und ich um einiges hässlicher waren als Betsie und Zahra. Es war wie ein Wettkampf, bei dem die Gewinnerinnen von vornherein feststanden. Und der lief dann maximal auf ein Kopf-an-Kopf-Rennen zwischen Betsie und Zahra raus, die einander vor so einer Schulparty zu Höchstleistungen anstachelten. Sie waren wahnsinnig gut im Schminken. Fenna und ich nicht.

Meist fing es mit den Augen an. Fenna stach sich dreimal mit dem Mascarabürstchen ins Auge, hatte dann die Nase voll und las lieber Fußball-Ticker. Ich dagegen kriegte die Kurve nicht. Ich machte all das, was Zahra und Betsie auch machten, nur mit abschreckenderem, verheerenderem Ergebnis.

Zahra und Betsie wollten für eine Schulparty oft *Smokey Eyes* haben. Dazu braucht man Eyeliner oberhalb der

Wimpern und dunklen Lidschatten. Bei ihnen sah es großartig aus. Aber das war genau mein Problem: Während ich mit dem Eyeliner kämpfte, sah ich immer nur, wie schön *sie* waren. Außerdem braucht man eine ruhige Hand für so was, und damit kann ich einfach nicht dienen. Ich hab so eine Zitterhand. Deswegen hatte ich am Ende zwar auch Smokey Eyes, aber eher buchstäblich: Meine Augen wirkten wie ausgeräuchert.

Zahra sah mein Spiegelbild und kreischte: »Soof, du siehst ja aus wie ein Panda!« Ich sah *immer* aus wie ein Panda. Dann griffen Zahra und Betsie zur Foundation. Kleiner Tipp für Menschen oder Pandas, die Foundation auflegen wollen: Nehmt den richtigen Farbton. Der richtige Farbton ist das A und O. Den muss man bei Douglas sehr sorgfältig aussuchen, mithilfe von Angestellten, die sich wirklich alle Foundations der Welt ins Gesicht geschmiert haben. Man müsste sich wie ein *Archäologe* auf die Suche nach ihrem ursprünglichen Gesicht machen. Deshalb traute ich ihnen auch nicht über den Weg.

Außerdem bin ich da irgendwann mal mit Felicity hingegangen, und die wollte an dem Tag irre viel klauen. Ich bin nicht die Person, die man mitnehmen sollte, wenn man klauen will. Ich schwör's: Nehmt mich nie mit, wenn ihr das vorhabt. Schon beim Reinkommen grüße ich das Personal dann wahnsinnig herzlich und möchte zur Verabschiedung allen die Hand geben. Zur *Kompensation*, ihr wisst schon. Und währenddessen blinzle ich kein einziges Mal. Mit aufgerissenen Augen studiere ich ein Produkt nach dem anderen, und das auch noch in einem Höllentempo. Ich rase durch die Gänge, als wollte ich wirklich *alles* kaufen.

Na ja, Felicity und ich sind damals natürlich erwischt worden. Wir mussten nicht mit ins Büro, aber das Verhältnis zu einem Laden leidet natürlich unter so einem Vorfall. Deswegen ging ich nicht mehr zu Douglas und hatte ergo auch keine Foundation. Ich benutzte stattdessen die von Zahra, aber die hatte eben ganz entfernt einen Migrationshintergrund, und ihre Haut war echt einige Nuancen dunkler als meine. Außerdem muss man Foundation gut verteilen, sodass man die Übergänge nicht sieht. Das vergaß ich, wodurch ich auf Schulpartys immer aussah wie ein Panda mit auffällig braunem, auf einem kalkweißen Hals thronenden Gesicht.

Fenna war so lieb und kommentierte das nie, wenn ich mich mit tintenschwarzen Augen und auffällig braunen Wangen neben sie setzte. Ich muss ausgesehen haben wie eine Vogelscheuche, aber sie hielt einfach den Mund. Dann sprach sie über die Abwehr des FC Barcelona und darüber, dass der Linksverteidiger ausgetauscht werden sollte. Diese Momente liebte ich. Es waren die einzigen, in denen ich noch ein bisschen *atmen* konnte, wisst ihr?

Später kam das Trinken dazu. Betsie und Zahra blieben nämlich oft noch eine Stunde im Badezimmer; Gott weiß, was sie da taten. Ich wage es fast nicht zu sagen, aber: *Frauen*, du lieber Himmel! Da sehen sie schon perfekt aus und brauchen trotzdem noch eine Stunde. Diese eine Stunde ist es, die mich von Frauen trennt. Und wisst ihr, was das Witzige ist? Wenn man ihnen sagt, dass sie vor einer Stunde auch schon perfekt aussahen, werden sie sauer. Man muss sagen, dass sie *jetzt* perfekt aussehen. Als ob diese eine Stunde entscheidend gewesen wäre.

Für Fenna und mich war diese Stunde aber wirklich entscheidend. Wir mussten einfach trinken, um zu vergessen, wie viel schöner Zahra und Betsie waren. Und dass sich später jemand an uns reiben würde. Denn darum ging es auf so einer Party: dass sich ein verschwitzter Teeniejunge an dich klammert, um dir seine Erektion ans Bein zu drücken.

Auf jeder Schulparty tanzten wir zu viert im Kreis und warteten gespannt auf den Moment, an dem die Erste von uns belästigt werden würde. Und dann *machte* man ja auch noch *mit*! Das ist das Schreckliche am Gymnasium: Du machst mit, ob du willst oder nicht. Außer Zahra, wohlgemerkt. Wenn sich an der einer rieb, trat sie einen Schritt nach vorn und fragte den Jungen, was ihm *in Gottes Namen* einfalle. An Zahra rieb sich daher auch seit dem ersten Jahr keiner mehr. Und das Einzige, was den Jungs noch einfiel, war, mich zu fragen, wann diese restriktive Politik wohl ein Ende haben würde. Woraufhin ich nur die Achseln zuckte: Wenn sich *irgendjemand* an Zahra reiben wollte, dann ich, aber das passte wohl nicht ganz in die Zeit.

All das erzählte ich Fennas Vater. Und er stellte sich alle möglichen Fragen, wisst ihr? Das fand ich super: nickende Erwachsene, die sich alle möglichen Fragen stellen. Deshalb erzählte ich weiter – über die Jungs und warum ich da auch immer danebengelegen hatte.

Die Jungs, mein Gott. Sie haben mich nie wirklich

loslassen können. Im ersten Jahr freundete ich mich mit Chiel an. Er war Arnon und ich Rosie, versteht ihr? Arnon und Rosie sind die Hauptfiguren in *Blauer Montag*, und sie unterhalten sich die ganze Zeit über Sex, während sie den Apollolaan entlangschlendern. Das taten Chiel und ich auch: den Apollolaan entlangschlendern und ein bisschen an den Geschlechtsteilen des anderen herumfummeln. Das ist das Nette am Dreizehnsein: Da *brauchst* du mit deinen Geschlechtsteilen noch nichts zu tun. Du kannst einfach ein bisschen fummeln, und dann gehst du wieder heim.

Chiel hatte seinen Wachstumsschub in der siebten Klasse, weshalb ihn alle den »Pädo« nannten, wenn wir mal wieder irgendwo standen und rumknutschten. Chiel und ich haben wirklich überall rumgeknutscht: bei den Fahrrädern, bei den Spinden, vor dem Hilton. Wir hofften immer, dass die Mannschaft von Ajax da übernachten und bei unserem Anblick johlen würde. Aber das geschah nie; nur Dennis Bergkamp kam ab und an vorbei, gab aber keinen Mucks von sich.

Jeden Morgen dieselte sich Chiel mit Unmengen Axe ein. Ich glaube, er hatte einen dieser Werbespots gesehen, die dir suggerieren, dass alle Frauen dich bespringen, sobald du diesen Duft benutzt. Aber die Frauen *besprangen* ihn nicht – außer mir, und deshalb roch ich auch immer nach Axe. Ich lebte in Chiels Achselhöhle, genauer gesagt in seinem Mahler-T-Shirt, das er immer trug. Vielleicht war das der Grund, warum ich mir von ihm zwischen die Beine fassen ließ: Seine wahre Loyalität lag, wie ich wusste, bei Mahler, und sonst nirgends.

Chiel wollte Hornist werden, und das ist ihm auch gelungen. Das Wissen, dass er es schaffen würde, beschlich ihn irgendwann um die elfte Klasse, und dadurch veränderten sich die Dinge zwischen uns. Manchmal sollte man Menschen, die etwas wollen und es auch noch erreichen, wirklich nicht zu nah kommen. Sie *verändern* sich, wisst ihr? Sie sehen *dich* nicht mehr.

Das Komische ist, dass sie nicht einmal glücklicher werden. Nur etwas unabhängiger und ein bisschen selbstgefällig. Gott, was wurde Chiel selbstgefällig. Zu dieser Zeit knutschten wir schon lange nicht mehr. Wir unterhielten uns nur noch, und diese Gespräche wurden so langsam die Hölle. Er freundete sich nämlich mit Felix an, ihr wisst schon, dem Schlauen. Und komischerweise lachte er von da an nicht mehr über meine Witze.

Es ist seltsam, aber wenn du dich mit zwei Jungs abgibst, die sich für *vielversprechend* halten, lachen die nie über deine Witze. Vielversprechende Jungs sind unglaublich ermüdend. Was genau sie versprechen, weiß niemand, aber wie viel sie versprechen, schmieren sie dir wirklich die komplette Pause lang aufs Brot. Wir redeten dann über Mahler oder einfach über Ajax, und wenn ich mal was sagen wollte, klappte das nicht. Weil sie keinen Blickkontakt mit mir aufnahmen – daran könnt ihr vielversprechende Jungs sofort erkennen: Sie nehmen erst Blickkontakt mit dir auf, nachdem sie zum *Punkt* gekommen sind. Und irgendeinen Punkt haben sie immer, das könnt ihr mir glauben.

Irgendwann wurde es so schlimm, dass Chiel mir auf

die Schulter klopfte, wenn ich doch mal einen Witz gemacht hatte. »Das war ein ziemlich guter Witz«, sagte er dann. Na, ich weiß ja nicht, ob ihr manchmal Witze erzählt, aber das war jedenfalls nicht die Reaktion, die ich mir erhofft hatte. Danach redeten sie weiter über Micha Wertheim, und dass seine letzte Show so *stark* gewesen sei. Dabei waren wir zusammen in der Show gewesen, wisst ihr? Echt verrückt, aber irgendwann beschleicht einen dann das Gefühl, dass man nicht mehr existiert. Man hört einfach eine Stimme im Kopf, die sagt: »Kleine Titanen waren wir – aber nette.« Und dann fällt einem ein, dass die Erzählung nicht so beginnt, sondern mit: »Jungs waren wir – aber nette Jungs. Wenn ich das so sagen darf.«

Das Schreckliche am Umgang mit vielversprechenden Jungs ist, dass du dich ständig bei einem *Fehler* ertappst. Woraufhin du dir diesen Eröffnungssatz erst so richtig ansiehst, und vor allem das allererste Wort. Wenn du dir das richtig gut ansiehst, wird dir klar, dass alles nichts nützt. Dann wird dir klar, dass es schon längst geschrieben steht und du deshalb nie einen Punkt haben wirst – geschweige denn recht.

Fennas Vater fing an zu klatschen, als er das hörte. Das finde ich manchmal schon ein bisschen ermüdend: Männer, die applaudieren, wenn sie gerade knallhart gedisst wurden. Als würde ich es für *sie* sagen. Dabei sage ich es einfach für mich, wisst ihr? Fennas Vater wollte jedenfalls, dass ich weitererzähle über Felix und Chiel, und das tat ich dann auch noch ein bisschen.

Ich erzählte ihm, wie es zwischen mir und den vielversprechenden Jungs ausgegangen war, am Strand von Mallorca. Da ging unsere Abschlussreise hin, und während alle in der Disco rumknutschten, saßen wir drei mit unseren Hypothesen am Meer. Chiels Hypothese war: »Integrität ist das Einzige, was zählt.« Felix und ich nickten. Dann ließ er seinen Blick über das Wasser schweifen und sagte: »Jungs, wir sind, glaube ich, *Kategorie Grünberg*.«

Eigentlich hätte ich damals gerne gesagt: Nein, du warst früher Arnon, und ich war Rosie, und jetzt sind wir nichts – außer ein Haufen blöder Träume. Aber komischerweise schienen Chiel und Felix an diese Träume wirklich zu glauben. Dass uns alles zufliegen würde: Daran glaubten sie wirklich. Ich erinnere mich noch sehr gut an diese Hoffnung, und vor allem daran, dass ich damals schon Mühe hatte, sie so zu hegen wie Chiel und Felix. Das Einzige, was ich zu hoffen wagte, war, dass ich *sie* schärfer sah als sie mich. Und dass dieser Blick *mir* eines Tages erlauben würde, mich mit Worten zu wappnen.

»Bravo!«, rief Fennas Vater zum Schluss. Das schmerzt wirklich: Wenn man einmal wagt, jemandem Einblick in die eigene Trauer zu gewähren, und das dann wieder nur als Scherz ausgelegt wird. Deshalb bin ich am Ende dann doch mal nach Hause gegangen. Ein paar Jahre später habe ich darüber übrigens meine erste Erzählung geschrieben: über mich und Felix und Chiel. Sie heißt »Kleine Titanen«, und ich werde sie nicht mit euch teilen, denn es steht mehr oder weniger dasselbe drin, was ich hier gerade niedergeschrieben habe.

Vor Kurzem habe ich sie jedoch vorgetragen: am 24. April 2019, wenn ich mich nicht täusche. Natürlich täusche ich mich nicht, denn es war einen Tag nach dem Tod meiner Mutter, und solche Daten merkt man sich nun mal sehr gut. Danach ging ich nach draußen, wo es wie aus Kübeln schüttete und sofort eine Frau zu mir hergelaufen kam: »Es muss schrecklich sein, so viel Talent zu haben.«

Na ja, das ist es wirklich. Und wisst ihr, was sie dann sagte? »Es hat mich ein bisschen an Grünbergs *Blauer Montag* erinnert.« Diesen Vergleich habe ich ungefähr genauso oft gehört, wie Sallie Harmsen meinen Namen vergaß. Ich kann ihn euch echt *aufmalen*, diesen Vergleich. Aber an jenem Abend war mir alles egal. Deshalb zündete ich mir genau in dem Moment eine Mentholzigarette an, denn das mache ich immer, wenn ich wirklich sehr traurig bin, und während ich den fiesen Rauch einatmete, sagte ich seufzend: »So isses. Vielleicht sollte ich den Text einfach *Gelber Dienstag* nennen.«

Inzwischen drängten sich ziemlich viele Leute um uns, und nach dieser Bemerkung lachten sie alle. Ich fand das so seltsam, versteht ihr? Wenn du gerade entschieden hast, welchen Pulli deine Mutter tragen soll, weil sich natürlich *niemand* sonst traut, weil alle wissen, dass sie nie wieder einen *anderen* Pulli tragen wird; wenn du gerade entschieden hast, welchen Pulli deine Mutter im *Sarg* tragen soll, der aus Eichenholz ist, während du noch nie in deinem Leben über Eiche *nachgedacht* hast, na, dann erwartest du einfach nicht, dass es jemanden geben könnte, der jemals wieder lachen wird. Aber sie lachen, obwohl es schüttet und nach Mentholzigarette riecht. Sie lachen, während du an wenig anderes denken kannst als an Eiche, und dann auch wieder nicht an Eiche, weil du dir darunter einfach verdammt wenig vorstellen kannst – unter Eichenholz.

III.
Elias Welverloren

Elias Welverloren

Ob ihr's glaubt oder nicht, aber meine Mutter war während dieser *ganzen* Geschichte krank. Es war ein bisschen wie dieser *Mosquito-Klingelton*, wenn ihr wisst, was ich meine. Diesen Ton gibt es schon lange nicht mehr. Jedenfalls war das so ein hoher, schriller Piepton, den nur Jugendliche hören können. So verjagte man sie von Orten, an denen sie gern herumhingen. Das ist das Komische an jemandem, der schwer krank ist und dann wieder nur ein bisschen krank: Man *hört* das einfach ständig. Es ist ununterbrochen da, und doch kann man darüber nicht gut reden.

Eine Viertelstunde, nachdem meine Mutter mir erzählt hatte, dass sie unheilbar krank sei, musste ich zur Arbeit. Ich arbeitete damals bei Foodora, und auch das gibt es jetzt nicht mehr. Das war ein Lieferservice, der eigentlich exakt dasselbe tat wie Deliveroo. Deshalb sind sie jetzt auch pleite: Sie taten einfach exakt dasselbe. Den ganzen Nachmittag auf dem Fahrrad konnte ich nur an eins denken: was ich auf der Beerdigung anziehen sollte. Ich hatte noch nie einen Anzug getragen, versteht ihr? Deshalb dachte ich die ganze Zeit an den Stoff, den ich mir aussuchen würde, und dass ich den Anzug eigentlich maßschneidern lassen müsste, weil ich so schmale Schultern habe.

Das ist das Blöde: Wenn du so was zu hören bekommst, fängst du sofort an, darüber nachzudenken, wie schmal deine *Schultern* sind und ob sie beim Edelschneider Oger wissen, was zu tun ist. Aber ich bin nicht zu Oger gegangen, als meine Mutter dann starb. Dazu hatte ich einfach keine Lust mehr, weil ich genau wusste, was passieren würde: Sie würden mich ansehen, als wäre ich entweder ein fünfzehnjähriger Junge oder eine Frau. Und bei Oger freuen sie sich nicht gerade über fünfzehnjährige Jungs oder Frauen. Sie würden mich *woanders* hinschicken, und ich befürchtete, dass ich in dem Fall ausflippen würde. Wenn deine Mutter stirbt, flippst du echt beim geringsten Anlass aus.

Mein Vater ist schließlich doch zu Oger gegangen, und es hat eigentlich nichts damit zu tun, aber er stand da neben unserem König Willem-Alexander. Das war wenige Tage vorm Königstag, deshalb war der da zur Anprobe. Könnt ihr euch das vorstellen? Du probierst lauter schwarze Anzüge an für die Beerdigung deiner Frau und musst ab und zu einen Schritt nach rechts oder links machen, weil *der König* vorbeimöchte. Na, da wäre ich *echt* ausgeflippt. Bloß gut, dass ich in der Woche nicht zu Oger gegangen bin.

Als wir hörten, dass meine Mutter unheilbar krank war, hatte sie schon zum dritten Mal Krebs. Meine Mutter hatte wirklich unglaublich oft Krebs. Als sie zum ersten Mal Krebs bekam, war ich achtzehn und hing gerade viel mit Lusche D. rum. Ich weiß es noch genau: Damals war ich *auf dem Weg* in die Dusche, aber just, als ich ins Badezimmer gehen wollte, rief mich meine Mutter zu sich. Sie saß in ihrem Arbeitszimmer und murmelte, dass man was in ihrem Darm gefunden hätte. Ich nickte und sagte, dass ich jetzt duschen gehen würde. Ich hatte auch nur noch meine Unterhose an, versteht ihr? Ich war wirklich auf dem Sprung in die Dusche. Aber kurz bevor ich mich abwandte, fragte ich: »Ist es Krebs?« Was sie bejahte. Da hatte sie sich schon wieder ihrem Computer zugewandt, weshalb sie es mit dem Rücken zu mir sagte. Manchmal laufen Dinge echt sehr seltsam ab. Man erwartet, dass ein Orchester bereitsteht, wenn so etwas passiert, aber da *steht* einfach keins.

Nach dem Duschen rief ich Chiel an. Er sagte, er habe schon darauf gewartet, dass ich ihm eine schlechte Nachricht überbringen würde. Es ist witzig: Sogar wenn du erzählst, dass deine Mutter todkrank ist, nutzen vielversprechende Jungs diesen Moment, um zu brillieren. Danach rief ich Fenna an, die sagte: »Jetzt bist du so jemand mit einer Mutter mit Krebs.« Da konnte ich ihr nicht widersprechen. Als Dritte rief ich Betsie an, und die sagte, sie müsse ganz dringend den Bus kriegen. Zu guter Letzt rief ich Zahra an, und die zumindest sagte nichts. Die brach einfach in Tränen aus, versteht ihr?

Danach habe ich unglaublich lange Hot Dog Bush gespielt. Das ist ein Computerspiel, bei dem man George W. Bush ist und einen Hotdog-Stand betreibt. Am Anfang steht man in einem New Yorker Slum und verkauft ausschließlich Hotdogs. Doch je weiter man kommt, desto schwieriger wird es. Irgendwann kriegt man Fritten dazu, und wenn man es nach Manhattan geschafft hat, kommen auch noch Zwiebeln dazu. Die Zwiebeln stressten mich immer enorm. Sie verbrannten einfach so schrecklich schnell, wisst ihr?

Meine Mutter wurde im Slotervaart-Krankenhaus von einem jüdischen Arzt operiert, und wir glaubten alle, dass es gut ausgehen würde, weil er Jude war. Aber das Slotervaart-Krankenhaus war ein einziges Chaos. Sie vergaßen dann, sie zur Kontrolle zu bestellen, und wir vergaßen es auch, denn das ist, was man nach so einer Episode will: vergessen, vergessen, vergessen.

Drei Jahre später fiel sie mitten in der Nacht die Treppe runter. Sie hatte die Schlappen meines Vaters an, und die waren ihr circa fünf Größen zu groß. Deshalb rutschte sie aus und fiel bis ganz nach unten. Treppen in Oud-Zuid sind wirklich entsetzlich lang. Sie brach sich das Genick, sodass der Krankenwagen kommen musste. Aber ich war nicht dabei, denn ich lag mal wieder neben Frida. Oder in einem der Zimmer neben ihrem, in dem sie mit Arthur lag. Ich kann mich nicht mal mehr gut daran erinnern. Ich weiß bloß, dass ich acht verpasste Anrufe meines Vaters hatte, und als ich zurückrief, sagte er, dass es noch mal gut gegangen sei. Es ist echt verrückt: Wenn irgendwas Schreckliches passiert, beeilen sich die Menschen immer ungemein zu betonen, dass es noch mal gut gegangen sei.

Meine Mutter kam in die Amsterdamer Uniklinik, und da stellten sie fest, dass sie mehrere Arten von Krebs hatte. Das sahen sie auf den Röntgenbildern. Sie waren überhaupt nicht auf der Suche gewesen nach Krebs, sind aber dennoch über ihn gestolpert, versteht ihr? Danach habe ich überhaupt niemanden angerufen, nicht einmal Zahra, sondern gleich angefangen, Hot Dog Bush zu spielen. Ich dachte einfach *sofort* an die Zwiebeln, und dass sie nicht anbrennen dürfen.

Die Uniklinik war auch ein einziges Chaos. Erst haben sie meine Mutter falsch operiert, wodurch noch ein Stück Plastik aus ihrem Nacken ragte. Danach erfuhren wir, dass sie die Röntgenbilder nicht gründlich genug angesehen hatten und dass meine Mutter nur an einer Stelle Krebs hatte: in der Leber. Darum musste sie noch einmal unters Messer. Einen Tag nach der OP traf ich Roos beim SC Buitenveldert, und sie hat mich damals ganz lange im Arm gehalten, denn ich musste natürlich wieder weinen. Sie sagte: »Süße, alles wird gut, auch wenn es nicht gut wird.« In der Philosophie werden solche Aussagen echt dem Erdboden gleichgemacht. Aber manchmal *hat* man von der Philosophie nicht so viel. Manchmal möchte man einfach, dass alles gut wird, auch wenn es nicht gut wird, und dann geht es einem am Arsch vorbei, was Wittgenstein dazu gesagt hätte.

Ein Jahr später war er wieder da. Das war das Erste, was sie sagten. Das Zweite war, dass es nicht mehr gut würde, nie mehr. Aber *das* sagten sie nicht, sie sagten: »Wir können Ihnen nur noch eine palliative Therapie anbieten.« Ich schwör's euch: Wenn ihr jemals hören wollt, was nicht Sache ist, ruft einfach kurz die Amsterdamer Uniklinik an. Alle sterben da, doch die Ärzte springen lieber vom Dach, als dir so was ins Gesicht zu sagen.

Von diesem Moment an wussten wir es und haben darüber eigentlich nicht mehr geredet. Ich habe darüber zwar noch ein Gedicht geschrieben, aber das habe ich nie zu Ende gebracht. Es begann so: »Meine Mutter, meine größte Leere, auch wenn wir hier noch essen.« Obwohl, vielleicht war das ja schon das ganze Gedicht. Es ist echt komisch, wenn jemand stirbt. Du denkst einfach ununterbrochen: »Auch wenn wir hier noch essen.« Man *sieht* die Leere, dabei ist sie nicht da, man *spürt* die Abwesenheit, dabei ist sie nicht da – jedenfalls noch nicht, und darum schweigen alle die ganze Zeit.

Außer Kyra, natürlich, die mich einmal fest in den Arm nahm und weinend rief: »Das hier sind *deine* Tränen, Lakkie, *deine* Tränen!« Deshalb habe ich Kyra so sehr geliebt, denke ich: weil sie mir zeigte, wie man leben sollte. Aber wir haben nicht gelebt, wir haben einfach sehr aufmerksam zugesehen, wie alles immer weniger wurde: die Verabredungen und der Kaffee, das Rausgehen und die Geburtstage. Meine Mutter ist sehr langsam gestorben. Und wisst ihr, was das Schreckliche war? Dass man so etwas allein tun muss. Dazu habe ich nicht gerade viele Weisheiten für euch parat, bloß diese eine: Das ist das Schlimmste. Nicht der Tod, den gibt es nicht, es gibt nur das Leben. Das Schlimmste ist die Einsamkeit, das ist schon immer das Schlimmste gewesen, und es wird immer das Schlimmste bleiben.

Eigentlich ist es das, was ich euch hier noch erzählen möchte, versteht ihr? Dass das das Schlimmste ist, und wie es genau aussieht – für Außenstehende. Danach lasse ich euch wieder in Ruhe. Dann dürft ihr wieder eurer Wege gehen, wie unerquicklich das auch sein mag.

An dem Abend, an dem meine Mutter starb, trug ich ein Ajax-T-Shirt und dazu passende rot-weiße Adidas-Schuhe. Manchmal bin ich echt ein Dulli. Und will, dass meine Klamotten *zusammenpassen*. Voll dämlich, schon klar. Ich hatte an jenem Nachmittag noch mal den *Prozess* von Kafka gelesen, und wisst ihr, was mir auffiel? Dass der Mann einfach superlustig ist. Die Leute tun immer so *verkrampft* bei Kafka, dabei haben sie ihn, glaube ich, bloß nicht richtig verstanden. Er versuchte einfach, witzig zu sein, und hatte dabei kein wirkliches Talent für Pointen. Und am Ende halten die Leute dein Werk für düster, während du sie eigentlich nur zum Lachen bringen wolltest.

Es war sehr warm an jenem Abend. Ich rief meine Mutter an und sagte, dass alle Kafka bisher falsch verstanden hätten. »Ja, Mädchen?«, sagte sie. Wirklich superlieb: Meine Mutter nannte mich immer »Mädchen«. Da hat man *echt* keine Lust zu erklären, dass man sich eigentlich ein bisschen anders fühlt und das Wort vielleicht nicht so gut passt. Es ist seltsam, aber wenn eine Person so krank ist, dass sie bloß noch Tee trinken kann, bei dem man den Teebeutel nur ganz kurz ins Wasser getaucht hat, dann spielen solche Dinge keine Rolle mehr. Dann spricht man eine eigene Sprache, eine Sprache, die niemand sonst versteht. Du *sprichst* über alles Mögliche, von Ajax bis Kafka, aber du sagst etwas anderes. Versteht ihr? Macht nichts, wenn ihr es nicht versteht.

Das Verrückte war: Sie schlief ein. Ich redete und redete, schon lange nicht mehr über Kafka, sondern über etwas ganz anderes, und sie schlief einfach ein. Sie legte nicht auf; sie sagte nur nichts mehr. Ich stand in dem Moment mitten auf dem Leidseplein, und *alle* fingen natürlich an zu hupen und zu klingeln, von den Trams über die Autos bis zu den Fahrrädern, und fragt mich nicht, warum, aber plötzlich checkt man, dass *das* das Leben ist. Das ist das Leben: Hupen und Klingeln, weil *nie* klar ist, wer Vorfahrt hat, und alle ständig irgendwo *hinmüssen*. Eigentlich war mir danach, einfach dort stehen zu bleiben, wisst ihr? Der Verkehr hier in Amsterdam ist einiges gewöhnt, dachte ich – da gewöhnen sie sich sicher auch an mich.

In der Küche saßen lauter Leute, mein Vater und mein Bruder, natürlich, aber auch Djoeke, die beste Freundin meiner Mutter, und ihr Freund. Und ob ihr's glaubt oder nicht, *der* sagte zu mir, es gehe bergab. So was kann ich ganz schlecht haben. Ich entscheide lieber selbst, ob meine Mutter stirbt, hätte ich ihm gerne gesagt. Also blieb ich einfach die ganze Zeit in der Küche sitzen und ging nicht nach oben. Dann sagte auf einmal jemand, dass ich ein Loch in meinem Ajax-Shirt hätte, und da flippte ich *echt* aus. Manche Leute verstehen nicht, wann der richtige Zeitpunkt ist, um anderer Leute Klamotten zu kommentieren. Es ist einfach ein schönes Shirt, klar? Nicht so ein neues, sondern ein altes mit Kragen.

Meine Mutter lag in meinem alten Zimmer, weil das zum Garten hinausgeht und sie dort nicht den ganzen Tag Hummer hören muss. In Oud-Zuid hört man diese

Monsterwagen nur auf der Straßenseite. Als ich schließlich ins Zimmer trat, schlief sie, neben sich ihr iPod. Den benutzte sie, um das *Tagebuch der Anne Frank* zu hören. Wirklich herzallerliebst. Carice van Houten hatte das Tagebuch eingelesen. »Carice spricht zu schnell«, sagte meine Mutter anfangs. »Carice macht das gut«, sagte sie später. Lustig, denn meine Mutter kannte Carice van Houten überhaupt nicht. Aber sie nannte sie einfach beim Vornamen, versteht ihr, als ob sie beim Vorlesen neben ihr im Zimmer säße.

Inzwischen habe ich den iPod. Manchmal stelle ich ihn auf Shuffle, und plötzlich höre ich Carice van Houten sagen: »Juni 1942.« Ich erschrecke mich dann jedes Mal zu Tode. Wer *will* schon zurück zum Juni 1942? Im Juni 1942 drohte es schlecht auszugehen, aber es ging noch nicht schlecht aus – für Anne Frank. Davon habe ich inzwischen so ziemlich die Nase voll: dass es *fast* bergab geht, aber noch nicht ganz.

»Diesen Kampf kann ich nicht gewinnen, Mädchen«, sagte meine Mutter zu mir, als sie kurz wach wurde. *»Boats against the current«*, antwortete ich. Sie verstand allerdings nicht, was ich damit sagen wollte, und ich eigentlich auch nicht. Es ist schrecklich: Du willst in so einem Moment dringend etwas Gutes sagen, doch stattdessen kommt nur Geschwurbel raus. Und dann schlief sie wieder ein.

An jenem Abend sollte ich für meinen Vater und meinen Bruder kochen, aber ich weigerte mich schlicht und einfach, zum Albert Heijn zu gehen. Wenn deine Mutter im Sterben liegt, gehst du einfach nicht in den nächstbesten Supermarkt. Ich ging lieber zum Organic. Das ist ein Geschäft, wo kein Mensch hingeht außer denen, deren Mutter gerade im Sterben liegt. Da gehen nur Menschen hin, die einen konkreten Beweis dafür brauchen, dass es nichts zu begreifen gibt, und die deshalb gerne sieben Euro hinlegen für eine Packung Nudeln. Wenn ich mich recht erinnere, habe ich da für eine Handvoll Produkte dreißig Euro bezahlt, und wisst ihr, wonach mir war? Mir war danach zu sagen: »Runden Sie ruhig auf sechzig auf.« *The hell with it*, wisst ihr?

Das Irre an dem Abend war: Es kühlte einfach nicht ab. Es kühlte nicht ab, nachdem meine Mutter mir die Hand in den Nacken gelegt hatte, während ich mich über sie beugte und sagte, dass ich *immer* wieder zurückkommen werde. Und es kühlte nicht ab, nachdem ich meinen Vater hatte weinen sehen und er gesagt hatte, das würden wir in der kommenden Zeit noch öfter tun: weinen. Es kühlte auch nicht ab, als mein Bruder sagte, er gehe jetzt *Game of Thrones* gucken, und auch nicht, als der Hausarzt vorbeikam und uns sagte, dass sie *möglicherweise* heute Nacht sterben werde. Es kühlte einfach nicht ab.

Und es ist komisch: Die Leute fragen mich immer, *wann* meine Mutter gestorben sei. »Vor wenigen Minuten«, will ich dann antworten. In so einem Moment ist mir echt danach, den rechten Arm auszustrecken, mich über die Uhr an meinem Handgelenk zu beugen und zu sagen: »Vor ein paar Minuten.« Und an der Stelle gibt es zweifellos irgendjemanden, der nichts Besseres zu tun hat, als mich darauf hinzuweisen, dass die Uhr nicht ans rechte, sondern ans linke Handgelenk gehört, woraufhin ich erwidern könnte, dass *nichts* sich *gehört* und *nichts stimmt*, sogar meine Uhr nicht – die schon entsetzlich lange auf kurz nach halb neun steht.

Denn das ist die Antwort: Sie starb um halb neun, als mein Vater gerade duschte. So will ich das auch irgendwann machen: diese Welt verlassen, wenn niemand hinguckt. Sie starb um halb neun, und mein Vater rief mich zweimal an, denn ich schlief noch und ging deshalb nicht ran. Als ich ihn zurückrief, sagte er, dass meine Mutter gestorben sei und er jetzt Kaffee mache.

Danach habe ich sehr lange geduscht, echt schrecklich lange, und mit meiner linken Hand gegen die Wand rechts von mir geschlagen, in der Hoffnung, dass es jemand sieht. Aber da ist niemand, überhaupt niemand, und was dir bleibt, ist nur der Schmerz in der linken Hand.

Als ich die Wohnung betrat, stand der Hausarzt im Flur, der mich fragte: »Sollen wir zusammen reingehen?« Aber wir sind nicht zusammen gegangen, ich ging allein, und als ich reinkam, fiel ich auf die Knie. Ich kauerte auf dem Boden und vergrub meinen Kopf in den Händen. Und auf einmal wusste ich *ganz genau*, was ich hätte sagen wollen. Nicht »*boats against the current*« wollte ich sagen, sondern Hunderte andere Dinge, und das habe ich dann auch getan.

Wisst ihr, was ich sagte? Ich sagte, dass ich das schon schaffen werde. Und noch Hunderte andere Dinge, natürlich, aber vor allem das eine: dass ich das schon schaffen werde. Es ist so blöd, versteht ihr? Denn ich habe es zu spät gesagt, und jetzt wird sie nie Gewissheit haben. Das Furchtbare war nur: *Ich* wusste es auf einmal mit absoluter Gewissheit. Ich wusste auf einmal, dass ich einen quirligen und empfindsamen Geist habe und dass doch alles gut werden wird, ganz gleich, in welche Richtung ich mich wende. Ich wusste, dass ich noch eine Million Mal unter dem Stechen in meiner Brust leiden würde, aber dass das Stechen nicht immer recht hat. Das jedoch habe ich alles zu spät gesagt.

Und meine Mutter lag bloß da und war so furchtbar kalt. Ich fand es im Grunde ein bisschen übertrieben, wie kalt sie war. Ich dachte: Ist gut, ich glaube es auch so. Es war so ein verrückter Anblick, denn in meinem alten Zimmer hingen sehr viele Poster von Manchester United. Früher war ich zwar auch Ajax-Fan, aber noch mehr hielt ich zu Manchester United. Edwin van der Sar stand dort damals im Tor, und von dem Mann geht einfach so eine unglaubliche *Ruhe* aus. Und nun lag meine Mutter da, zwischen lauter Bildern von van der Sar in seinem gelben Torwart-Outfit. Es war eigentlich ein bisschen absurd, wenn man mal so drüber nachdenkt.

Bis dahin hatte ich Angst vor kalten Körpern gehabt, aber jetzt war es anders. Ich ging ganz nah heran und küsste sie. Ich sah, dass sie trockene Lippen hatte, viel, viel zu trockene Lippen, und so habe ich dann Rosebud draufgeschmiert. Dabei löste sich eine kleine Kruste, die ich in das Döschen tat. Ich habe dieses Döschen immer noch, und wenn ich jetzt Lippenbalsam auftragen möchte, muss ich immer mit dem Finger um diese Kruste *herumfahren*. Und das Komische ist, dass ich sie dabei manchmal sagen höre: »Bist du jetzt völlig verrückt geworden?« Aber ich *bin* auch wirklich ein bisschen verrückt geworden, versteht ihr?

Als ich runterkam, war Djoeke da. Sie fragte: »Soll ich mal einen großen Topf Suppe kochen?« Und merkwürdigerweise hatte ich den Rest des Tages nur noch vor einem Angst: dass irgendwas mit dieser Suppe schiefgehen könnte. Ich befürchtete, dass Djoeke wegmüsse, wodurch die Suppe nicht fertig würde. Aus irgendeinem Grund wurde das auf einmal *furchtbar* wichtig.

Und so stand ich ständig auf dem Balkon und telefonierte, um allen zu erzählen, was heute Morgen um halb neun geschehen war, aber zwischen den Telefonaten ging ich jedes Mal kurz gucken, wie es um die Suppe stand. Es war echt zum Verrücktwerden, wenn ich ehrlich sein soll. Und es wurde immer schwieriger, denn es kamen immer mehr Leute herein. Irgendwann kam sogar *Elias Welverloren* herein.

Elias Welverloren ist für alle Beerdigungen intellektueller Juden in Oud-Zuid zuständig. Er kannte meine Mutter daher gut, und als er oben an ihr Bett trat, meinte er: »Gott, was ist sie gelb.« Könnt ihr euch das vorstellen? »Gott, was ist sie gelb.« Eigentlich wollte ich ihm sagen, dass alles gut wird, sogar bei mir, aber er möge doch in Gottes Namen nach unten gehen und die Suppe im Auge behalten.

Und dann kamen die Männer. Ihr wisst schon, welche ich meine. *Die Raben*, so nannte meine Tante sie, denn die war inzwischen auch eingetroffen. Die Raben in ein wenig zu großen schwarzen Anzügen, die hastig »mein

Beileid« sagten. Ich musste lachen, denn ich hatte einfach noch nie jemanden »mein Beileid« sagen hören, und jetzt waren es auf einmal zwei gleichzeitig, und die sagten es auch noch so unglaublich schnell. Eigentlich wollte ich weinen, aber manchmal muss man so dringend weinen, dass man stattdessen zu lachen anfängt.

»Lustig, ne?«, sagte Elias Welverloren, und da kriegte ich mich gar nicht mehr ein, weil ich anfing, über *ihn* nachzudenken, und dass wir das hier alle nur einmal tun, er aber die ganze Zeit, und dass er dazwischen ja auch noch irgendwann Mittag essen muss. Darüber dachte ich in dem Moment nach, versteht ihr? Dass Elias Welverloren auch noch zu Mittag isst, zwischen den Akten, und dass er wahrscheinlich jedes Mal etwas *anderes* isst. Über solche Dinge konnte ich mich an jenem Tag kaputtlachen.

Die Männer liefen zielstrebig nach oben. Mein Bruder und ich *rannten* fast hinter ihnen her bis in mein altes Zimmer. Einer der beiden Männer beäugte meine Mutter ungläubig und blickte dann zu meinem Bruder. Er fragte, ob sie an einer unheimlichen Krankheit gestorben sei. Da sah mein Bruder erst mich an und dann den Mann und sagte: »Nein.« Das finde ich an Daniel so lustig: Er fasst sich manchmal sehr kurz.

Schnell ergriffen die Raben das Laken, auf dem meine Mutter lag, und zählten bis drei. Auf drei hoben sie sie hoch und schlugen sie in das Laken ein, sodass sie ganz darin verschwand. Doch in dem Moment packte mich die Panik. Ich weiß nicht genau, warum, aber ich geriet *wirklich* in Panik. Ich dachte: Jetzt reicht's! Meine Mutter war eine sehr unabhängige Frau, versteht ihr? Deshalb lag mir auf der Zunge zu sagen: »Jungs, das kann sie auch selbst.« Und plötzlich fiel mir auf, dass mein Vater gar nicht da war, weil er gerade wieder Kaffee aufsetzte.

Daniel rief ihn, und ich weiß es noch gut: Er stand im Türrahmen und faltete die Hände. Dann nickte er, und die Männer breiteten das Laken über ihr Gesicht. Das hatten sie extra für ihn noch einmal angehoben. Und ich weiß, es ist blöd, das hier zu erwähnen, aber ich dachte damals: Wie schön muss es sein, als Mann durchs Leben zu gehen. Die Leute *gucken* echt, ob du nickst, wisst ihr, wenn du ein Mann bist. Ich hätte in dem Zimmer auch nicken können, aber wenn es überhaupt jemandem aufgefallen wäre, hätte derjenige sicher gedacht, ich hätte plötzlich einen Tic. Jetzt ist sie völlig verrückt geworden, hätten sie wahrscheinlich gedacht.

Dann haben sie meine Mutter in einen schwarzen Sack gesteckt und in ein schwarzes Auto verfrachtet. Es war wieder so schrecklich warm, und während sie sie ins Auto schoben, fuhr ein Hummer vorbei. »Das sollte hier im Viertel mal aufhören«, sagte mein Vater. Wenn es nach meinem Vater gegangen wäre, hätte er an dem Tag das ganze Viertel ermorden können. Nach dem Tag hätte einfach niemand mehr in Oud-Zuid gewohnt. Im nächsten Moment schlugen die Männer die Heckklappe zu, versteht ihr? Danach habe ich meine Mutter nie wieder gesehen.

Ich konnte gar nicht schnell genug zu der Suppe zurückkommen. Aber wisst ihr, was Djoeke sagte, als ich in die Küche kam? Sie sagte, ich solle über die Todesanzeige nachdenken. Weil ich so gut mit Sprache umgehen könne. Das Schlimme ist bloß: Es braucht gar nicht viel zu passieren, schon kann ich gar nicht mehr gut mit Sprache umgehen. Daher habe ich Stunden am Computer verbracht, obwohl so eine Anzeige nur aus ein paar Sätzen besteht. Sonst bezahlt man sich dumm und dämlich.

In dem Moment musste ich wieder an *Blau ist eine warme Farbe* denken. Ich musste an *Blau ist eine warme Farbe* denken und an die unendliche Zärtlichkeit. Das wollte ich eigentlich in die Anzeige schreiben: dass wir eine unendliche Zärtlichkeit für meine Mutter empfinden würden. Was mich eine gewisse Ruhe verspüren ließ, weil ich wusste, dass niemand diese Zärtlichkeit je in einen schwarzen Sack packen und dann in ein schwarzes Auto stecken würde. Das würde einfach *niemandem* je einfallen. Also schrieb ich das auf. Aber dann musste ich noch einen Satz dazuschreiben.

Na, das endete in einer kleinen Katastrophe. Meinem Vater war wichtig zu erwähnen, dass wir sie nie vergessen werden. Ich gebe zu, dass ich das eher selbstverständlich fand. Das Einzige, was ich je vergesse, ist, wie viel mein letzter Einkauf bei Albert Heijn gekostet hat. Ich will da auch keinen Kassenbon, versteht ihr? Abgesehen davon merke ich mir mehr oder weniger alles. Deshalb fand ich das echt ein bisschen unsinnig, habe es am Ende aber doch aufgeschrieben.

In der darauffolgenden Stunde habe ich dann einen entscheidenden Fehler gemacht. Wisst ihr, was ich tat? Ich verwendete das Verb »erinnern«. Vorletzter Tipp, den ich euch gebe: Verwendet niemals »erinnern« in einem Text, den alle noch einmal gegenlesen. In unserem Haus brach eine Art Bürgerkrieg aus. Niemand wusste nämlich mit Sicherheit, ob es »wir werden sie erinnern« oder »wir werden *uns* an sie erinnern« heißt. Niemand wusste, ob dieses Verb reflexiv ist, versteht ihr? Na ja, es ist tatsächlich reflexiv, und wenn wir an dem Tag bei Sinnen gewesen wären, hätten wir das bestimmt auch gewusst – aber das waren wir halt nicht. Alle waren durcheinander und beschlossen, dem Wörtchen »uns« die Schuld dafür zu geben. Menschen suchen in so einer Situation einen Schuldigen, und an jenem Tag war es das Wörtchen »uns«.

Ich habe Gott weiß wie lange am Computer gesessen und einen völlig krummen Rücken bekommen, weil hinter mir so hitzig über dieses eine Wort diskutiert wurde. Mein Bruder und mein Vater standen rechts, Djoeke und meine Tante links. Fast wären sie einander an die Gurgel gegangen. Und als ich es endlich niedergeschrieben hatte, in all seiner Reflexivität, blieb nur noch mein Bruder hinter mir stehen. Er legte mir die Hand auf die Schulter und sagte: »Das ist das ungewöhnlichste Komma in der Geschichte der niederländischen Sprache.« Da ging es um den Satz davor. Ich schwör's euch: Wenn ich in dem Moment alle Kommas der Welt hätte zusammenraffen können, ich hätte es getan. Dann hätte ich sie über meinem Bruder ausgeschüttet und ihn einfach eine Weile so liegen gelassen – unter den Trümmern.

Abends ging ich zu mir nach Hause und sah eine

ganze Weile aus dem Fenster. Ich dachte: Ab jetzt wird alles schlimmer. Das ist, was ich dachte: Die Leute sagen, dass es ab jetzt weniger schlimm wird, und darum wird es für mich nur noch schlimmer. Deshalb wollte ich auch nicht, dass der Tag vorbeiging. Ich sah einfach immer weiter aus dem Fenster und fing zu guter Letzt an zu tanzen.

»Du tanzt nicht im Rhythmus, du tanzt zum Text«, haben mir im Laufe der Jahre verschiedene Leute gesagt. Das stimmt tatsächlich. Ich achte *ausschließlich* auf den Text. Ich kann nichts dafür: Meine musikalische Bildung war echt dürftig. Mein Bruder tanzt wie ein Pinguin, versteht ihr? Mein Bruder tanzt wie ein Pinguin und ich wie ein Eisbär – ein Eisbär mit gutem Textverständnis. Es sieht nicht besonders aus, aber ich tue es trotzdem. Und da war auch nur *ein* Lied, zu dem ich tanzte: »*Ain't Got No, I Got Life*« von Nina Simone. Ich hörte es nicht bis zum Ende, sondern sprang immer zurück zum Anfang, wenn sie bei »*Why am I alive anyway?*« angekommen war. Nach diesem Satz fängt sie nämlich an zu relativieren.

Darauf hatte ich jetzt *echt* keine Lust: eine relativierende Nina Simone. Ich wollte nur, dass sie sang: »*Ain't got no mother, ain't got no culture.*« Woraufhin ich anfing, darüber nachzudenken, dass ich natürlich sehr wohl Kultur habe. Und fühlte mich prompt schuldig: weil Nina Simone das alles nicht hatte und mir nur die Mutter fehlte. Manchmal achte ich echt zu viel auf den Text.

Und jetzt sollten wir sie mal anrufen, dachte ich, als ich am nächsten Morgen wach wurde. Dafür fühlte ich mich auch unglaublich schuldig: dass wir all das ohne meine Mutter organisierten. Ohne sie war meine Familie ein chaotischer Haufen. Meine Mutter war die Einzige, der du das Hauptgericht anvertrauen konntest, wenn ihr wisst, was ich meine. Beim Rest der Familie denkt man: Mach du vielleicht den Salat oder am liebsten nur das Dressing. Und selbst *das* vergessen sie dann. Herzensgute Menschen, keine Frage, aber man denkt ab und zu: Konzentrier du dich besser mal aufs Atmen. Das ist das Einzige, was man den Mitgliedern meiner Familie *wirklich* überlassen kann: das Atmen.

An diesem Nachmittag musste ich auf dem Friedhof Nieuwe Ooster einen Grabplatz aussuchen. Kleiner Tipp für Leute, die einen Grabplatz aussuchen: vorher nicht zu viel essen. Der Mann, der uns über den Friedhof fuhr, sagte am Anfang: »Anschnallen!« Aber man sitzt in einer Art Golfwägelchen, und da *gibt* es gar keine Gurte. Ohne Rücksicht auf Verluste: So rasten wir über den Friedhof. Ich krallte mich mit aller Kraft an meinem Vater fest, und als ich aufsah, merkte ich, dass er die Augen geschlossen hielt. Meiner Meinung nach hoffte er, dass wir ins Jenseits befördert würden. So fühlte es sich tatsächlich an.

Gelegentlich sagte er auch noch was dazu. Zum Beispiel: »Eberhard«, und dann zeigte er nach rechts. Aber weil wir so einen Affenzahn draufhatten, waren wir natürlich längst vorbei. Ungefähr eine Minute nach Eberhard durften wir aussteigen. Ich für meinen Teil musste mich daraufhin erst mal an einem Strauch abstützen, um zu mir zu kommen. Mein Vater blieb einfach im

Wägelchen sitzen und öffnete erst nach einer Weile die Augen. »Die können warten«, sagte der Mann. Darüber musste ich herzhaft lachen. Normalerweise hasse ich diese Art von Mann, mit dieser Art von Witzen, aber in jener Woche war ich plötzlich ganz wild auf diese Typen.

Ich weiß, es klingt blöd, aber es war wirklich ein sehr *friedlicher* Ort, auf den der Mann zeigte. Das Grab neben meiner Oma. Mein Vater schwieg eine Weile und sagte dann: »Nee, die streiten sich bloß wieder.« Mein Vater tickte *echt* nicht mehr ganz richtig in dieser Zeit. Aber aus irgendeinem Grund hatte der Mann dafür vollstes Verständnis. Er zeigte auf eine andere Stelle, genau hinter dem Strauch, an dem ich mich festgehalten hatte. »Dann können sie sich doch noch ein bisschen anmeckern«, meinte er. Na, da prustete ich natürlich wieder los. Wenn es nach mir gegangen wäre, hätte ich den guten Mann am Ende mit nach Hause genommen. Aber mein Vater seufzte nur und nickte und fragte schließlich, wie viele Personen in dem Grab Platz fänden.

»Sie können sich problemlos danebenlegen«, sagte der Mann. Und darüber konnte ich plötzlich gar nicht mehr lachen. Auf einmal hatte ich *die Nase voll*, wisst ihr? »Beerdigen Sie auch sonntags?«, fragte mein Vater später im Büro. »Nein, Gott bewahre«, antwortete der Mann. Dabei stand das Datum der Beerdigung meiner Mutter längst fest. Sie sollte am Montag begraben werden. Ich verstand nicht, warum mein Vater das wissen wollte, und eigentlich *wollte* ich es auch nicht verstehen. Ich hatte die Nase echt *gestrichen voll*.

Und wisst ihr, wessen Geburtstag an diesem Montag

war? Meiner. Es war echt ein bisschen bescheuert. Damit wollte ich dieses Buch eigentlich beginnen: »An meinem fünfundzwanzigsten Geburtstag habe ich meine Mutter beerdigt.« Das schien mir ein starker Eröffnungssatz. So sollte der Anfang aussehen, der mir vorschwebte:

An meinem fünfundzwanzigsten Geburtstag habe ich meine Mutter beerdigt. Genauer gesagt haben wir sie ins Grab hinabgesenkt, in einem nicht ganz so gleichmäßigen Tempo. Kurz zuvor hatte uns der Bestatter noch erklärt, es sei am besten, das Seil nicht durch die Hand gleiten zu lassen, sondern abwechselnd mit der linken und rechten Hand zu greifen. So vermeide man Blasen. Letztendlich machte es jeder, wie er meinte, sodass meine Mutter langsam nach unten schaukelte. Ich habe darüber später noch mal nachgedacht, und mir wurde klar, dass dieser Vorgang natürlich einiger Übung bedarf. Deshalb ist es schade, dass der Tod so einmalig ist – ich durfte meine Mutter nur einmal loslassen.

Gott, was war das für ein bizarrer Tag. »Alles Gute an diesem *besonderen* Tag«, sagte jeder zu mir. Das kann ich nicht so gut ab. Ich mag nicht, wenn Menschen in dem Wort »besonders« eine Ambivalenz verstecken. Das ist eine so *unpräzise* Formulierung. Am Morgen bekam ich eine SMS von Roos: »Glückw & Beil«. »Glückwunsch und Beileid« sollte das heißen. Bisschen seltsame SMS. Aber immerhin präziser, als etwas »besonders« zu nennen.

Während wir meine Mutter hinabließen, musste ich

an die Beerdigung meiner Oma denken. Die war ein Jahr zuvor, und damals fiel meine Mutter fast ins Grab. Sie ließ das Seil nicht durch die Hände gleiten, sondern *folgte* ihm einfach. Meine Mutter war zu der Zeit sehr verwirrt – so zumindest nannten wir das. Sie war sehr verwirrt, und irgendwann wurde es so schlimm, dass sie einfach nicht mehr zurückkam, wenn sie zum Albert Heijn gegangen war. Sie konnte sich nämlich nicht entscheiden. Deshalb begleitete ich sie manchmal und schlug dann vor: »Hol du das Gemüse.« Zu der Zeit musste man meiner Mutter wirklich *sagen*, was sie zu tun hatte. Aber wenn ich dann in die Gemüseabteilung zurückkam, stand sie da noch immer mit einem leeren Korb. Sie starrte einfach die Salatköpfe an.

Eigentlich hat uns meine Mutter damals zum ersten Mal verlassen. Wenn ein Mensch echt *sehr* verwirrt ist, ist er schlichtweg nicht mehr da. Du kannst ihn zwar noch sehen, aber da ist niemand drin. Es ist wirklich schrecklich, wenn ich ganz ehrlich sein soll. Meine Mutter fragte mich wieder und wieder, ob ich Kekse wolle. Und nach einer Weile entdeckst du, dass es egal ist, was du antwortest. Sie kam immer wieder und sagte: »Kind, was bist du dünn!« Dabei war ich gar nicht dünn. Nicht dünner als sonst. Sie war selbst sehr dünn. Fand jedoch, sie verdiene keine Kekse. Das war das größte Problem: dass meine Mutter auf einmal fand, dass sie nichts mehr *verdiene*.

Während wir sie ins Grab hinabließen, spielte Chiel auf dem Horn. Viele Leute weinten, aber ich musste erst weinen, als er aufhörte. Ich musste weinen, weil ich ihn weinen sah, und eigentlich musste ich erst *so richtig* weinen, als ich ihn umarmte und roch, dass er wieder Axe benutzt hatte. Das machte mich auf einmal so traurig, wisst ihr? Ich wurde so traurig wegen ihm, dem Hilton und Dennis Bergkamp, der uns damals ignoriert hatte.

Einen Tag später war die Trauerfeier, und da wurde kein Mahler gespielt. Das war meinem Vater sehr wichtig. »Kein Mahler, sonst müssen die Leute weinen.« Stattdessen sang jemand »*You don't know what love is*« von Ella Fitzgerald, und wie viele Leute davon weinen mussten, weiß ich nicht, denn ich saß ganz vorne. Ich saß ganz vorne, wie es sich für die Menschen mit der größten Trauer gehört. Auch darüber habe ich später noch nachgedacht, und ich entdeckte, dass es da einen Unterschied gibt: zwischen den Menschen mit der größten Trauer und den Menschen mit dem größten *Recht* zu trauern. Nur Letzteres kann man absehen, und nur darauf kann man Rücksicht nehmen, und niemand hat mich je gefragt, wie traurig ich jetzt wirklich war.

Wenn sie mich gefragt hätten, hätte ich vermutlich keine Antwort geben können. Eigentlich war ich auf der Trauerfeier für meine Mutter recht fröhlich. Alle waren endlich einmal aufmerksam, wisst ihr? Danach habe ich mich schon immer gesehnt, dass alle endlich einmal bei der Sache sind. Nur dann ist man zusammen.

Und wir waren wirklich zusammen. Jules saß da mit ihrem glasklaren Gesicht, und ein paar Stühle weiter natürlich Frida, flankiert von Lotti und Loesje. Da schoss es mir auf einmal durch den Kopf: Ob Lotti ihre Abschlussarbeit wohl inzwischen fertig hat? Jennifer war da und Kyra, und ich fragte mich, ob sie immer noch Riesenlauchstangen bastelte, die auf Autodächern befestigt werden mussten, ohne dass das auch nur irgendetwas zur Handlung beitrug.

Das wollte ich plötzlich sagen: »Hör bitte nie auf, diese Lauchstangen zu basteln, und lass niemanden je seine Abschlussarbeit abgeben.« Tatsächlich hätte ich gerne ein Dekret erlassen, demzufolge sie nie mehr von ihren Stühlen hätten aufstehen dürfen. Darauf hoffte ich: dass alle in Gottes Namen mal sitzen blieben.

Und ich habe immer noch nicht den leisesten Schimmer, wie viel Trauer in mir steckt. Wirklich nicht den leisesten Schimmer. Nach jenem Sommer haben sie mir sehr viele Tabletten gegeben. Da war auch so ein Piepen im Ohr, und das habe ich bis heute. Es klingt ein bisschen wie eine Sirene. Normalerweise kommt die natürlich näher und verschwindet wieder in der Ferne. Aber diese Sirene *bleibt* einfach. Und davon wirst du wirklich ein bisschen gaga. Aber wisst ihr, was der Witz ist? Du warst schon gaga, und deshalb hast du jetzt dieses Piepen. Manchmal will ich meinem quirligen und empfindsamen Geist wirklich sagen: »Jungs, hier ist im Prinzip schon genug los.« Aber manchmal gehorcht mein Kopf nicht.

»Es dämpft ein bisschen«, sagte der Hausarzt. Na, das war zumindest nicht gelogen. Wenn man genug von diesen Tabletten nimmt, weiß man irgendwann nur noch seinen eigenen Vornamen. Was den Rest betrifft, denkt man: Wird schon stimmen. Ganz gelegentlich schaltet sich eine Stimme ein und fragt: »Stimmt es echt?« Woraufhin eine laute, tiefe Stimme darüber hinwegwalzt:

»Aber klar doch.« Im Grunde wird dein Kopf so ein Tresengespräch zwischen zwei Typen, die sich wirklich *nichts* mehr zu erzählen haben.

Eigentlich war das Piepen schon da, bevor meine Mutter starb. Schon seit einem knappen Jahr, als ich beschloss, meinen Eltern all die Dinge zu erzählen, die ich euch längst erzählt habe. Über Mädchen und über Sex, und darüber, dass ich zu einem Mädchen immer nur sagen kann, dass die *Barfrau* vom *De Trut* es das schönste Mädchen von allen findet, weil das das Einzige ist, was ich mit Sicherheit weiß. Das wollte ich ihnen erzählen: dass ich so wenig mit Sicherheit weiß, dass ich *immer* danebengelegen habe, bei den Jungs und bei den Mädchen, und dass ich mich jetzt mal bei der Uniklinik anmelden wolle, weil man da weniger Mädchen und mehr Junge werden könne. So drücke ich das am liebsten aus, versteht ihr? *Mehr* Junge. Jungs selbst sind echt Dullis. Einfach nur – ein kleines bisschen mehr.

Wisst ihr, was meine Eltern taten? Sie taten einfach so, als hätte ich das nie erzählt. Manchmal sind Eltern schreckliche Menschen. Sie machen sich vor, dass du ein *fertiges* Produkt bist. Und wenn du ihnen dann mit der Uniklinik kommst, wollen sie davon überhaupt nichts wissen. So kam ich also zu diesem Piepton. Meine Eltern haben mich dann noch zum Ohrenarzt geschickt. In der Hinsicht sind sie wieder sehr kompromissbereit. Auf einmal fängt mein Vater damit an, was die Versicherung alles *so zahlt und was nicht*.

Der Ohrenarzt erkundigte sich nach Stressfaktoren, und fragt mich nicht, warum, aber darauf antwortete ich: »Ich bin lesbisch.« Manchmal hoffe ich, dass damit alles gesagt ist. Aber das ist nicht so, deshalb fügte ich hinzu: »Und ich habe einen Buchvertrag.« Na, da blühte der Mann richtig auf. Es ist echt irre, aber das Einzige, was Menschen einfällt, wenn man sagt, dass man einen Buchvertrag hat, ist diese Talkshow *De Wereld Draait Door*. Sie fragen nicht einmal, worum es in deinem Buch *geht*, versteht ihr? Darauf hätte ich immerhin antworten können: »Meine Stressfaktoren.«

Aber der Mann ließ sich über Matthijs van Nieuwkerk aus, und dass ich bald an seinem Talkshow-Tisch sitzen würde. Als er sich wieder beruhigt hatte, sagte er: »Mit deinen Ohren ist alles in Ordnung, das Problem liegt dazwischen.« So kamen die Tabletten ins Spiel. Es sind dieselben, die meine Mutter nahm, als sie sich in der Gemüseabteilung nicht mehr entscheiden konnte, und manchmal regt mich das auf. Aber dann nehme ich einfach eine mehr und denke: »Wird schon stimmen.«

Blöd, ne, wie alles gelaufen ist? Manchmal denke ich schon an meine Mutter, aber dann frage ich mich jedes Mal: Wo steckt sie bloß? Das ist das Problem: Ich vermisse meine Mutter nicht – ich verstehe nur nicht, wo sie jetzt ist. Wäre echt furchtbar nett: wenn ihr mir das erzählen könntet. Verdammt still seid ihr die ganze Geschichte lang gewesen. Und das ist das Verrückte: *Alle* sind so still geworden. Vielleicht befürchten sie, dass ich zu weinen anfange, und das kann ich nachvollziehen.

Immerhin eine Person gibt es, die ab und an davon anfängt: meine Chefin in der Pizzeria, in der ich inzwischen arbeite. Ich bin jetzt nämlich Pizzabäckerin. Sie stellt mir einfach Fragen. Darüber, wie meine Mutter war und wie wir miteinander umgegangen sind. »Ich bin so *neugierig*, Soof, ich bin so *neugierig*«, sagt sie immer. Und sie hat überhaupt keine Angst, dass ich weinen könnte. Davon muss ich dann eigentlich direkt wieder weinen. Nicht wegen meiner Mutter, sondern weil sich jemand ganz nah an mich heranwagt. Unglaublich lieb: Menschen, die sich an einen heranwagen. *Schätzchen* sind das.

Ein einziges Mal fragte sie, ob meine Mutter irgendwelche Lebensweisheiten hatte, an die ich jetzt manchmal noch denke. Ich antwortete damals, meine Mutter habe Besseres zu tun gehabt, als mir pausenlos Aphorismen um die Ohren zu hauen. Ab und zu bin ich da etwas kurz angebunden, aber das kommt nur daher, dass ich versuche, mich auf die Pizzen zu konzentrieren. Es ist ein bisschen wie mit den Zwiebeln bei Hot Dog Bush: Sie dürfen halt *echt* nicht anbrennen.

Auf dem Heimweg ging mir die Frage aber noch einmal durch den Kopf. Weil ich in Amsterdam-Noord wohne, stand ich gerade auf der Fähre. Und lehnte mich an die Wand, als ich mich plötzlich erinnerte: »Nicht über Rot gehen an der Wibautstraat.« Das hat sie mir beigebracht, versteht ihr? »Du kannst überall über Rot gehen, aber nicht an der Wibautstraat.« Da musste ich doch kurz schmunzeln. Denn wisst ihr, was das Schlimme ist? Genau das tue ich *immer*.

Tobi Lakmaker, geboren 1994 in Amsterdam, hieß noch Sofie Lakmaker, als *Die Geschichte meiner Sexualität* ihn in den Niederlanden zum Shootingstar machte. Die niederländische *Vogue* kürte ihn zum literarischen Talent 2021, die Filmrechte an seinem Debüt verkauften sich im Nu. Lakmaker schreibt Kolumnen für *De Groene Amsterdammer* und die Frauenzeitschrift *LINDA.meiden*.

Christina Brunnenkamp, geboren 1973 in Frankfurt am Main, hat Kulturwissenschaften und Literaturübersetzung studiert. Sie lebt in Brüssel und übersetzt vor allem Romane, Sach- und Jugendbücher sowie gelegentlich Gedichte aus dem Niederländischen, Englischen und Französischen.